BEATRIZ

Cristovão Tezza

BEATRIZ

EDITORA RECORD
RIO DE JANEIRO • SÃO PAULO

2011

Cip-Brasil. Catalogação-na-fonte
Sindicato Nacional dos Editores de Livros, RJ.

T339b Tezza, Cristovão, 1952-
Beatriz / Cristovão Tezza. - Rio de Janeiro : Record, 2011.

ISBN 978-85-01-09422-3

1. Conto brasileiro. I. Título.

CDD 869.93
11-3843 CDU 821.134.3(81)-3

Projeto gráfico: Regina Ferraz

Texto revisado segundo o novo Acordo Ortográfico da Língua Portuguesa.

EDITORA RECORD LTDA.
Rua Argentina 171 - Rio de Janeiro, RJ - 20921-380 - Tel.: 2585-2000

Impresso no Brasil

ISBN 978-85-01-09422-3

Aos confrades
Faraco e Gilberto;

aos vizinhos
Christian e Liliana,
Caetano e Sandra;

para Rosse, Cloris, Sônia e Ieda;

ao Carlos;

para André e Fran;

para Ana e João.

SUMÁRIO

PRÓLOGO

Sei que prólogos estão fora de moda — até a palavra é engraçada, com seu sabor antigo: "Prólogo"! Os escritores de ficção, eu entre eles, quando se lançam corajosamente no mercado das letras, preferem simular uma indiferença olímpica — o livro que fale por si só, ou pelos outros, nas orelhas; jamais pelo próprio autor. O que é apenas uma meia verdade, porque depois, nas entrevistas, tentam dizer tudo o que não disseram no livro, com aquele ar gaguejante, meio fraudulento, de quem afinal não sabe bem o que escreveu, o que parece curiosamente dar um charme suplementar à obra.

Pois como estou ficando cada vez mais antigo, senti vontade de escrever um prólogo, um tanto para experimentar o gênero, e outro para apresentar *Beatriz*, que parece diferente do comum dos meus livros, pelo menos em sua gênese. E é sempre um espaço para bater dois dedos de prosa com a difícil e enigmática razão de ser de quem escreve: o leitor, o amável leitor, o paciente leitor, nosso querido herói, aquele (e estatisticamente cada vez mais provável que seja *aquela*) que, contra todas as probabilidades do mundo contemporâneo, acompanha estas linhas.

Nunca fui contista. Escrevi um único livro de contos na vida, *A cidade inventada*, histórias sofridamente criadas e buriladas entre 1969 e 1979 com a intenção de aprender a escrever e dominar as artes da ficção, e publicadas em 1980 por uma cooperativa de escritores curitibanos que logo foi à falência, conforme o padrão do serviço militar literário da minha geração, cumprido à risca por mim: primeiro o mimeógrafo, em seguida a edição de autor (às vezes disfarçada em cooperativa ou em selo regional), depois a pequena editora com patrocínio oficial e dinheiro do governo (por conta de um prêmio, uma menção honrosa ou um pistolão), e enfim, com um pouco de sorte e um pouco de talento, uma grande editora, quando começa tudo de novo, mas num patamar mais confortável. Hoje, quando esbarro num exemplar dos meus velhos contos perdido em algum sebo, compro-o imediatamente, em defesa do meu, digamos, bom nome.

Há muitas diferenças técnicas entre conto e romance, definidas ou pelas sempre boas frases de efeito — "o conto é uma corrida contra o tempo", por exemplo, que parece ser de Cortázar —, ou pelas tentativas de ciência literária, como a geometria estruturalista que, em gráficos de página inteira, era capaz de explicar por que *O velho e o mar*, de Hemingway, seria um conto, e *A morte de Ivan Ilítch*, de Tolstói, um romance, ou vice-versa. E é preciso definir também a novela, o que põe outro complicador. Muitos simplificaram o problema definindo esses três gêneros pelo número de páginas, o que me parece bastante sensato. Eu assino embaixo. Como ninguém mais sabe exatamente (ou pelo menos hegemonicamente) o que é literatura, ou o que ela deve se tornar nesses novos tempos, a distinção entre conto e romance vai para a mesma classe de mitologia destinada a distinguir o sexo dos anjos.

Mas se não há diferença, por que então nunca escrevi narrativas breves, além da canhestra tentativa juvenil? Têm a grande vantagem de serem curtas, o que torna o eventual desastre bem menor — é melhor cair de 10 páginas do que de 400, plagiando (duas vezes) mestre Machado. Mas há uma razão secreta bastante específica. Para não dizer que sou um escritor sem imaginação, o que seria um exagero mortificante, diria que sou um escritor de pouca imaginação fabular. Sempre morri de inveja dos autores de livros policiais, dos roteiristas de novelas, dos romancistas de aventuras, com suas sequências rocambolescas — enfim, de todos os grandes narradores que fazem da rede mortal da verossimilhança um discreto fio de aço que não se rompe nunca e vai nos levando naquela conversa absurda até a última página. Criança, comecei a escrever imitando-os, desesperado por fantasia, e fui sempre fragorosamente derrotado pelo impulso da realidade. Se dependesse da simulação desse fio verossímil, eu estaria morto. E há um outro ponto igualmente importante: onde a fábula é exuberante, há muitos personagens, que surgem aos borbotões, para meu desespero e meu ciúme mesquinho.

Pois bem, na minha política de criação de personagens, sou um escritor econômico, morrinha mesmo. Um personagem, essa misteriosa representação, esse duplo esquisito que é a alma de toda narrativa, é para mim uma construção penosa, quase uma figura verdadeiramente real que vou desbastando a duros golpes de linguagem até ela se tornar outra coisa, até se constituir num espírito singular, cuja voz tenha um bom grau de autonomia e não fale o tempo todo por mim. Isso dá trabalho. Um personagem bem construído é imagem preciosa que, pelo olhar da minha limitação, não pode ser desperdiçado em cinco páginas, como se eu fosse um estroina literário. Abre-se um bom livro de contos e vemos aquele desfilar de almas, aquela humanidade paralela de que só vislumbramos duas ou três cenas, às vezes nem isso, para nunca mais ter notícia delas. Não é justo, diz a minha incompetência

— seguindo o clássico raciocínio segundo o qual aquilo que eu não sou capaz de fazer não é bom ou já está superado.

Se essa é a razão pela qual nunca mais escrevi contos, não sei, mas faz sentido, o que a essa altura é suficiente. Mas vamos ao nascimento deste livro. Uma noite, no final de 2006 (eu estava terminando de escrever *O filho eterno*), participei de uma mesa-redonda em Curitiba particularmente desagradável, ou apenas maçante, em que, vivendo a ressaca de um livro muito difícil e de futuro incerto, com a vida profissional em crise (eu já não aguentava mais a universidade, de que levaria ainda três anos para me demitir), propenso a pensamentos negativos sobre tudo e todos, me perguntava secretamente o que estava fazendo ali, naquela situação ridícula, desconfortável no palco, sentindo-me acuado (uma percepção claramente paranoica, sem nenhuma relação com a realidade), respondendo a perguntas que me pareciam tolas e falando de coisas que não me interessavam. Lembro que o fim da noite foi de muita cerveja, e todo o breve pesadelo que me assombrou durante o evento dissipou-se por completo, porque, para o bem e para o mal, até onde me conheço sou uma pessoa de sentimentos emocionais primários, que surgem medonhos e desaparecem duas horas depois sem deixar vestígio.

No outro dia, entretanto, já com outro humor, escrevi praticamente de um jato só "Alice e o escritor", um conto que de certo modo abriu uma nova fase da minha literatura, a partir do próprio ritmo da frase, aquela sintaxe tateante que vinha tentando aprimorar desde *O fotógrafo*. Para quem se interessa pela origem das ideias literárias, o texto nasceu como um espelho direto da realidade, com o impulso da brincadeira: a cena de uma mesa-redonda alternativa em que o paranoico assumiria de fato e em voz alta o que lhe passava pela cabeça. Eu escrevi me divertindo — ria mesmo, feliz, das tiradas do personagem, enquanto digitava frenético a história.

O problema é que escrever sempre tem consequências; você sai outra pessoa do outro lado da narrativa. Ao mexer com a linguagem, com os truques da sintaxe, com as relações de sentido, tudo aquilo que parece apenas um detalhe formal ou uma sacada de humor vai como que provocando um reajuste na percepção do mundo e seus valores, e você não consegue mais fingir que não tem nada a ver com isso. (Questão de ordem: quando digo "você", refiro-me apenas a mim mesmo.)

Como sou um não contista, o que eu tinha ali, de fato, eram dois personagens que só fariam sentido para mim se tivessem mesmo um passado e um futuro, e a sombra de um velho Antônio Donetti me perseguiu. Eu tirava o nome de outro escritor, personagem do meu romance *Ensaio da paixão*, com quem o atual Donetti não tinha nada a ver (até no registro literário; o *Ensaio* é uma fantasia, com traços do realismo fantástico, que alimentou alguns momentos da minha juventude). Estava diante da persona de um escritor, ou tentando materializá-la. Nada biográfico, diga-se — mas tematicamente próximo. Alguém que, não sendo eu mesmo, fala de coisas que me interessam de perto. Talvez seja uma boa razão para escrever. (O J. Mattoso, de *A suavidade do vento*, é uma dessas personas de escritor, mas visto de uma distância muito maior, beirando a crueldade da sátira; já o André Devinne, de *O fantasma da infância*, é quase um Donetti quando jovem. De qualquer modo, cada um deles fala do que me assombrava enquanto escrevia. Eram "duplos" distantes, já que eu assumia o mesmo horror ao biografismo que dominou a mitologia acadêmico-literária dos últimos 40 anos — de que só me livrei ao enfrentar *O filho eterno*.)

No final do conto apareceu Alice, que eu não conseguiria mais largar. Nasceu apenas como um gancho para a vingança de Donetti contra Cássio, mas eu me agarrei àquela imagem, temendo perdê-la. Num conto escrito por encomenda para uma antologia, ressuscitei Alice ("Aula de reforço"), dando-lhe mais algumas pinceladas — por exemplo, o fato de que era divorciada. Em seguida, escrevi "Alice e a velha senhora", e a personagem foi ganhando um contorno bem mais nítido — incluindo alguns toques de seu primeiro casamento, por enquanto apenas uma intuição narrativa. Dois ou três meses depois surgiu "Um dia ruim", pensado como uma espécie de divertimento sobre as agruras de uma revisora de textos, trabalho que conheci de perto durante muitos anos. Ao mesmo tempo, para uma antologia de contos inspirados em Machado de Assis, escrevi "A palestra", retomando Donetti e o seu mau humor de escritor itinerante, que sempre me diverte, porque eu me transformei também em um escritor itinerante. E me ocorreu o relato de "Amor e conveniência", repetindo uma história real que me contaram anos atrás, e que me permitiu desenhar mais um aspecto de Alice, agora com o acréscimo de outros detalhes biográficos, geográficos e psicológicos.

Na sequência, surgiu *Um erro emocional*, que se tornaria um romance, originalmente projetado como um conto de dez ou quinze páginas — a continuação de "Alice e o escritor", exatamente o dia seguinte. O projeto era apenas escrever um divertimento rápido sobre a ideia de que toda paixão seria um erro das emoções. Alguns parágrafos adiante, percebi que eu tinha uma longa narrativa na mão, como se todos os textos anteriores de Beatriz fossem estudos, ou esboços, para o livro principal. Os dois personagens já transbordavam a história curta, e segui enfim minha fiel vocação das duzentas páginas. Alice (um nome literário demasiado óbvio, sob a sombra de Lewis Carroll) virou Beatriz; Antônio se transformou em Paulo Donetti (talvez um sobrinho do Antônio de *Ensaio da paixão*). O encontro, pontuado pelos breves lugares-comuns da aproximação amorosa, envoltos numa discreta película de ironia (o que, para desgraça do escritor, nem sempre se deixa perceber), foi se preenchendo de silêncios, motivações secretas e biografia.

E, por último, escrevi "O homem tatuado" — um conto em que Beatriz já está quase completa na minha cabeça. De novo a história avançou além do previsto, tornando-se quase uma novelinha e me dando coceiras de, quem sabe, um dia prosseguir, com seus dois novos (e talvez promissores) personagens.

Os contos de *Beatriz* são, de certa forma, não a continuação de *Um erro emocional*, o que não teria sentido, mas as suas premissas. Todos os textos foram refeitos para esta edição, porque agora eu sei mais sobre Beatriz e Donetti do que sabia ao inventá-los.

É só. Imagino que, para um prólogo, está bom assim, ou ele se transforma em álibi — quem sabe sua secreta vocação.

BEATRIZ E O ESCRITOR

— Escritores não são pessoas boas. O que me intriga é que os milhares de leitores que ainda restam no mundo, como vocês, essas almas bem-intencionadas aí na plateia me ouvindo, não se apercebam dessa verdade simples e universal. Não satisfeitos em apenas ler os livros que escrevemos, querem também nos ouvir falar, fazem filas atrás de autógrafos, e alguns nos escutam com a adoração que se tem aos santos e aos sábios. Felizes, sorridentes, suportam palestras e mesas-redondas em que os escritores costumam desfiar aquele rosário de besteiras e mentiras, sempre as mesmas, teorias estapafúrdias que inventaram de ressaca 15 minutos antes de sentar à mesa ou então que arrastam pela vida afora como uma tábua de mandamentos que não tem nenhuma relação com o que escrevem (ou, muito pior ainda, teorias que desgraçadamente *têm* relação com o que escrevem), piadas sem graça (escritores são quase sempre — é um paradoxo — seres desprovidos de humor), patéticos ataques de narcisos ou simplesmente babaquices sobre o "método de escrever", o valor da "inspiração", a importância da leitura no mundo moderno — daqui a pouco ainda sai alguma coisa do tipo "como fazer amigos escrevendo livros". O poeta iniciante e o vetusto prêmio Nobel, todos se expõem patetas ao ridículo de falar em público, e suas bobagens se equivalem. Deve haver exceções, é claro — mas eu não as conheço. O leitor é crédulo — acredita no que está escrito e acredita nos que escrevem. Os que escrevem têm "o dom". É aí que fazemos a festa. Ninguém percebe que a matéria-prima da literatura é o desprezo. O que me irrita, ao olhar para mim mesmo, é essa dependência gosmenta das outras pessoas, não para sobreviver, o que até seria justo, mas para me alimentar delas, porque sem a estupidez em torno eu restaria sem assunto e morreria por completamente inútil. Se os escritores ainda ficassem sozinhos, em paz — mas não, a maior parte vive em grupos e bandos aguerridos, disputam a tapa cada centímetro da imprensa, puxam o saco do cronista social, lutam desesperados por uma entrevista de cinco minutos no rádio e matam a mãe por dois segundos na televisão, refugiam-se em panelas, igrejas e dissidências, protegem-se em uma gama infinita de *lobbies*, o *lobby* gay, o heterossexual, o feminista, o judeu, o árabe, o comunista, a bancada lésbica, o liberal-comunista, os regionais, os neomachos, o hippie-naturalista, o poeta de bar, o gênio, o assinador de abaixo-assinados que se justifica pela defesa da "causa", qualquer uma, e mais o — maldito seja! — enviador de e-mails contra o qual não há antivírus que funcione, e todos se odeiam com uma intensidade que não tem paralelo em nenhum outro exemplo da espécie humana, porque a palavra, o tal dom que eles têm, multiplica tudo até a paranoia, dando uma impressão assustadora de realidade. Ao mesmo tempo, para tornar tudo pior, são seres irrelevantes, produzem encalhes invencíveis, praticamente nada do que escrevem tem importância e cada vez menos há pessoas interessadas neles, em geral apenas os também candidatos a escritor, seres intrinsecamente chatos, o que faz desta minúscula arena letrada um sufocamento infernal de pesadelos, frustrações e vinganças. Esse é o miolo em comum — na aparência, são seres bem diferentes, é claro, enganam bem, são até convidados para eventos como esse, e um Lineu teria dificuldade para classificá-los exaustivamente, tamanha a riqueza da fauna. Eles têm uma incrível capacidade de disfarce. Um pai entregaria a filha a um escritor, feliz da vida, sem saber o que a espera. Há os escritores gentis, os grotescos, as grandes promessas, os mal-educados, os sindicalistas, os ganhadores de concurso, os presidentes de associações, os pornógrafos, os perdedores de concurso, os francamente ruins, os autistas, os imitadores, os que mandam carta para a redação, os não escritores (que são diferentes dos maus escritores) e por aí vai. É uma coisa óbvia: se escritores fossem boas pessoas, exerceriam alguma atividade decente da sociedade humana, algo que de fato fosse solicitado pela vizinhança da espécie; seriam seres normais, capazes da convivência e de todos esses valores humanistas que eles às vezes cantam de dedo em riste, incapazes de aplicar na própria vida. Escrever é sempre a expressão de um fracasso, com o qual não se aprende nada — ao contrário da vida real, em que o erro nos melhora. Na literatura acontece o contrário: a presunção doentia que nos leva a escrever e que eventualmente encontra aquela mínima ressonância — o prato de resto de comida do cão faminto, ao qual nos lançamos com a língua de fora — acaba por nos corromper a alma por inteiro de maneira que em poucos anos não servimos para mais nada senão medir a própria incompetência, linha a linha.

Fiz um silêncio retórico e dei um gole de água daquele copo horroroso de plástico com uma certa pose episcopal, para sentir a temperatura da plateia de Curitiba, que eu desgraçadamente desconhecia; a cidade parece que tem uma inexplicável fama de culta. Ao lado, meu parceiro de mesa (o nome me escapa), um simpático romancista municipal e professor universitário que tentava segurar o riso, talvez por imaginar (ele não me conhece), vítima daquele tipo de respeito semiformal ao outro que é a marca da província, que eu falasse a sério, e que uma gargalhada poderia ser ofensiva ao visitante. E então, súbito, eu *senti* o silêncio gélido da plateia — num segundo percebi que a minha catilinária cínica, absurda, porém bastante inspirada (eu estava falando com a leveza de quem escreve, cada vírgula no seu lugar, o ritmo ponderado, os gestos discretos mas eficientes), estava sendo recebida, ou lida, como uma sucessão de pedras na cabeça deles, e eles estavam tentando ainda descobrir em que frequência deviam sintonizar o meu alto-falante, se pela ironia, pela agressão, pelo humor, pela estupidez, e eu podia descobrir nos olhos intrigados da primeira fila aquele desespero de encontrar o modo exato de enfim compreender o que eu dizia. Ponderavam cada palavra minha — no silêncio mortal que se seguiu ao meu gole de água — como quem sopesa uma bola de chumbo que lhes cai à mão. Ninguém sorria. Dei outro gole, lento, para ganhar tempo — eu havia claramente errado o tom. Nas outras duas vezes em que fiz praticamente o mesmo discurso inicial — numa bienal na Bahia e na feira de Porto Alegre —, fui recebido com gargalhadas, risos, um movimentar nas cadeiras, um olhando para o outro e cochichando algo, *isso está engraçado*, ou *esse cara é bom mesmo*, aqui e ali um rosto ativamente sério, já engatilhando uma contestação, adiante o esboço de um protesto tímido com o punho levantado, enfim, um sucesso instantâneo que logo ensejou perguntas — digamos, "instigantes" —, algumas francamente provocadoras sobre literatura, cinismo, política e ética que nos deixaram a todos à vontade e eu praticamente não precisei mais pensar até o fim do evento, devolvendo apenas as respostas automáticas de efeito comprovado, para depois pegar meu cheque e cuidar da vida.

Mas ali o silêncio caiu com estrondo — perdão pela imagem — na minha mesa. Alguém já havia me advertido de que Curitiba não era fácil, eu ia encontrar uma polacada dura de roer, refratária a tudo. Mas não foi isso. A plateia era ótima: absorveu exatamente o que eu dizia, e principalmente *como* eu dizia. Na verdade, eu errei o tom porque estava, de fato, acreditando em cada palavra que dizia, eu cometi o pecado mortal de não me distanciar de mim mesmo, e se há algo indisfarçável na vida é o fel que sentimos, esse sentimento corrosivo e demolidor, esse mal-estar sem direção nem objeto definido que, naquele dia, naquele momento, me tomou por inteiro. O romancista da mesa sentiu vontade de rir porque, como é um escritor do tipo autista, não me ouviu, apenas me leu, e na abstração da leitura tudo é um jogo de duplo sentido, acabamos todos felizes e saltitantes no jardim dos caminhos que se bifurcam. A plateia não — ela me ouviu e me absorveu inteiro, agarrou a minha alma —, ela estava entregue ao evento da vida, ao abismo do instante presente, uma coisa que escritor nenhum alcança. Daí o silêncio. Daí aquelas três pessoas lá no fundo, vultos na sombra, levantando-se e saindo, suficientemente discretos para que o desprezo que sentiam por mim não se transformasse em "mensagem". Mas antes que se pense que eu estava iluminado por algum sentimento filosófico superior e intransponível, uma crise heideggeriana, um *cul-de-sac* existencialista, uma consciência transcendente do fracasso do meu ofício, é preciso dizer por que eu estava tão inexplicavelmente imbuído das minhas próprias palavras, e a razão é como que a demonstração cabal do meu próprio discurso, isto é, o fato de que escritores são mesmo criaturas horrorosas. Saindo dali — teria antes de me livrar do romancista — eu iria jantar com um velho desafeto, conterrâneo meu, colega de infância e também, por desgraça, escritor. Começou mais tarde a escrever, quando eu já era um nome sólido, e, como quem não quer nada, foi publicando, ocupando espaços, ganhando prêmios e amizades, assinando colunas, e hoje milagrosamente vende dez vezes mais do que eu, aparece em toda parte e é convidado para tudo, enquanto eu, que praticamente o levei pela mão até uma grande editora e escrevo cinquenta vezes melhor do que ele — mas vou mudar de assunto; lembrar me incomoda, a respiração fica mais curta, sinto uma compulsão de beber. Dei um terceiro gole de água, tentando criar algum fato novo naquele silêncio terrível — exatamente nesse momento lembrei dele, do encontro próximo, do tom superior (superior não; paternalista, um tom *protetor*) com que ele se dirige a mim — Venha me encontrar! Vamos sim! Rapaz, separei da minha mulher, comecei vida nova! Que bom que você veio para a Semana Literária! Insisti com o teu nome lá na Fundação! Aquele povo é idiota, não conhece literatura, você sabe como funciona isso, é a desgraça de sempre! Nem sabiam quem era você. Eu tive de explicar. Seguinte: vou escolher um restaurante bom e encontro você no hotel. Que tal? — Senti a plateia escurecer diante de mim e percebi que eu estava travado pelo silêncio e esmagado pela memória; eu tinha de prosseguir, dizer alguma coisa, contar uma piada qualquer, recuar, covardemente, com um *é claro que isso é apenas uma metáfora mas*, mas eu não consegui: via o rosto do meu amigo na frente, desgraçadamente separado da mulher, aquela mulher que era praticamente o meu único trunfo; ele ser casado com ela — e eu fui padrinho de casamento — era a minha alegria, uma mulher muito feia e desagradável, burríssima, capaz de dizer os maiores disparates e as maiores confissões na intimidade lotada de um elevador com a sua voz aguda perpassada da histeria das mal-amadas — ele ser casado com ela era um seguro de compensações para mim, tudo bem, ele que faça o que quiser, já paga o suficiente os seus crimes por dormir com ela todas as noites. E agora ele me traz para Curitiba e a primeira coisa que me diz é que está separado da mulher e que começou vida nova, aos 40 anos, e cada frase que ele me diz transborda felicidade, esse sentimento inacessível a quem escreve; eu sei como ele está se sentindo, é uma coisa realmente muito boa, eu que já fui casado três ou quatro vezes sei como é o momento seguinte da liberdade, parece que o mundo recomeça depois daquela prolongada experiência traumática a que nos submetemos por prazos longos obedecendo a algum atavismo incontrolável, pois ele estava vivendo exatamente este momento, e talvez só tenha me trazido para cá (e eu aceitei o cachê ridículo) para me contar, para tripudiar na minha cabeça, sempre com a desculpa de que está pensando no melhor para mim *porque você está precisando*, o filho da puta ainda é capaz de me dizer. Dei um último gole de água e senti o golpe da azia na alma — eu estava demorando demais a continuar minha palestra, os holofotes do auditório me feriam os olhos, eu praticamente não via ninguém além das figuras já indóceis da primeira fila e o romancista municipal ao meu lado também começou a se agitar, percebi — eu quase que podia ouvir as engrenagens do cérebro dele — que ele pensava desesperadamente em desatar o nó que eu havia criado com aquela minha interrupção esquisita, porque minha cara também não devia estar boa. Parece que enquanto eu não resolvesse o problema do Cássio — o nome do meu amigo de infância —, enquanto eu não me livrasse dele de fato, matando-o talvez (e em três segundos compus uma narrativa inteira de um escritor que mata outro e é desmascarado pelo descontrole da própria alegria), eu não conseguiria dar um passo adiante, dizer alguma palavra, qualquer uma, que abrisse a porteira e me fizesse dar andamento à tragédia — eu estava engasgado. Naquela escuridão (senti saudades da mulher de Cássio, a importuná-lo física e mentalmente com a simples presença ao seu lado numa mesa de bar, mas agora ela não estaria mais lá para cumprir seu papel), o romancista, com um sorriso profissional — tinha experiência de mesas-redondas, notei — pegou o microfone que, é claro, não funcionava, depois pediu o meu emprestado, deu duas batidinhas que explodiram nos alto-falantes, fez um gesto supostamente engraçado e enfim quebrou aquela paralisia:— Bem, depois dessa insólita introdução do Paulo Donetti, uma bela provocação temática para a noite de hoje, talvez seja o momento de abrir espaço para as perguntas da plateia e...

Eu não via mais nada, nem mesmo o sorriso feliz de Cássio, solteiro aos 40 anos, que certamente me receberia de braços abertos em algum restaurante da moda e me daria um abraço apertado — inclinei-me para o romancista e cochichei com a pior voz que pude simular: *Eu não estou me sentindo bem. Talvez...* e seguiu-se um transtorno de gentilezas, enquanto parte da plateia saía resmungando, *dez minutos para ouvir essa merda e voltar para casa* (consegui ouvir), parte permanecia atônita observando aquele cochichar na mesa, logo rodeada de curiosos, perguntou-se até mesmo por um médico, mas felizmente não havia nenhum para diagnosticar minha fraude, e assim, simulando tontura e ao mesmo tempo gesticulando um *não se preocupe, não é nada*, fugi por uma portinha dos fundos que súbito me deixou no tal largo da Ordem, o romancista atrás de mim, realmente preocupado — *Nós tínhamos pensado num jantar, será que você...* — mas fui me livrando dele, *eu procuro um táxi, andar vai me fazer bem, acho que é o estômago, eu*, e disse mais algumas mentiras, largando-o enfim para trás, quase correndo dali, disparado em busca de respiração até me ver deitado no escuro do meu apartamento no hotel, à espera do telefonema; agora eu queria desesperadamente vê-lo para medir *in loco* a pressão que estava acabando comigo e no momento seguinte — engraçado, naquele desespero o tempo voava, e não o contrário, como nos chavões narrativos — o telefone tocou com violência. *Eu já sei o que você aprontou*, e seguiu-se uma risada francamente alegre que falava por si só e que me deixou mudo: ele está feliz. *Não*, eu disse, *não precisa me pegar, eu vou até o restaurante, é melhor*, porque me passou pela cabeça que ele prometesse a carona e me deixasse à frente do hotel esperando duas horas, e não aparecesse enfim, como uma espécie de troco. Assim fui eu mesmo em busca dele, e se ele não estivesse lá eu me sentaria e comeria um belo jantar e nunca mais falaríamos até o fim dos tempos, o que seria uma libertação. Mas ele estava lá, é claro, foi por isso que ele me trouxe para aquela palestra ridícula que eu arremessara para o alto com força e que agora começava a cair na minha alma com todo o peso da gravidade, para me esmagar também até o fim dos tempos, falar é entregar-se, escrever é ocultar-se, pensei ainda ao vê-lo lentamente se erguer sorrindo atrás daquela mesa protegida numa penumbra, ao lado de um vulto de mulher, e eu gelei. Em vez da esposa horrorosa que certamente estaria agora cuidando dos dois filhos pequenos deles, sobrevivendo só com uma pensão ridícula porque ela não sabe fazer nada, contemplei um belo rosto de mulher, uma mulher jovem, cabelos curtos, lisos e claros que eram a moldura oval de uma face tranquila e equilibrada, de cujo sorriso saíam dentes brancos e também felizes assim que me aproximei, enquanto ela se erguia da mesa com a leveza de uma ninfa — *Por favor, fique sentada*, e eu toquei a mão dela com as minhas duas mãos — *Cássio, que bom ver você de novo*, e apertei vigoroso sua mão calosa, para me livrar da memória instantânea que me ficou da pele de *Beatriz, essa é a Beatriz, minha amiga*, e o sorriso dele era um daqueles momentos altíssimos da vida que jamais teremos de volta, eu senti que era nesse clichê que ele habitava agora; e no momento seguinte, o garçom já me oferecendo o cardápio e perguntando alguma coisa que eu me recusava a ouvir para ver melhor os olhos de Beatriz, *Ela tem uma agência de textos, é também tradutora do inglês, francês e italiano*, ao que ela sorriu, simulando uma inibição que talvez fosse mesmo verdadeira, o gesto dizendo algo como *o que é isso, não exagere, Cássio, eu apenas* e ele continuou a falar — Eu acompanho no vinho, disse eu ao garçom para que ele saísse dali — sobre as qualidades de Beatriz, que ele pretendia apresentar para uma editora nova de São Paulo, *essa menina é uma joia*, e eu concordei imediatamente, espantado de quão idiota era o Cássio para estragá-la assim tão impiedoso e grosseiro; mas logo após o brinde que fizemos, eu senti que aquela fonte terrível de infelicidade — vê-lo tão feliz ao lado de uma mulher apaixonante — era também o seu antídoto, o meu elixir da juventude, *tirá-la dele*, o que me dava um projeto inteiro de vida arquitetado nos poucos segundos concomitantes ao brinde em que percebi a intensidade do olhar de Beatriz, que eu ainda não havia traduzido, até vê-la, saborosamente desajeitada, abrir a bolsa — enquanto Cássio empalidecia, gaguejando uma mudança súbita de assunto *Mas o que foi mesmo que você me aprontou lá na mesa-redonda, eles me telefonaram, você* — e me estender um velho exemplar de meu primeiro livro, *A foto no espelho*, surda a qualquer outro assunto:

— Estava comentando com o Cássio, eu não sabia que ele conhecia você pessoalmente, eu amo esse seu livro, já li três vezes. Você autografa para mim? — A timidez reconhecendo o gesto importuno: — É que depois eu me esqueço.

— É claro, Beatriz! — e foi o próprio Cássio, esmagado por um ciúme aparentemente absurdo e portanto mais ridículo ainda, quem me estendeu a caneta, porque eu menti que não tinha caneta só para que ele completasse o gesto mecânico do oferecimento, que aceitei feliz, enquanto escrevia com aquela esferográfica ruim uma dedicatória curta e inspirada sob e para os olhos de Beatriz. Não dei tempo — Cássio desapareceu na sombra, para não mais emergir, calculei —, eu iria arrancar Beatriz de seus braços, e sem muito esforço, uma bela vingança, das redentoras, que viagem maravilhosa a Curitiba, eu ficaria um mês ali, um ano, se preciso fosse, e era a própria Beatriz que me dava todas as deixas, mesmerizada pela memória de um livro que ela havia lido três vezes e que se consubstanciava por milagre na minha figura fácil, simpática e sorridente bem diante dela, como uma dádiva. *Você trabalha com textos — engraçado, eu estava justamente precisando de uma revisora que conhecesse literatura, o que é muito raro, mais que revisora, uma interlocutora* — e ela me olhou com tal intensidade diante da simples ideia — *alguém com quem eu pudesse trocar impressões de leitura, mais do que simplesmente, você entende? Às vezes, diante de um pará-*

grafo, eu — Eu podia ouvir a respiração pesada de Cássio, que, civilizado, ainda tentava manter o fio da aparência, forte o suficiente para que ele ainda apoiasse minha crueldade em nome dos bons costumes — *Sim, a Beatriz é brilhante, ela* —, mas ninguém mais estava interessado na palavra dele. *É claro, vamos conversar sim, eu adoraria, eu* — e ela me estendeu um cartão que era um charme de simplicidade, *Beatriz, Assessoria de textos*.

— Começamos amanhã?

— Sim, pode ser sim!

Abri finalmente o cardápio: Filé ao alho e óleo, não, hoje não; Filé na manteiga, ao ponto, com salada. *Como queria demonstrar*, ainda pensei, antes do novo brinde. Brilhavam os olhos verdes de Beatriz.

AULA DE REFORÇO

Estava distraída e quase deixou queimar o pão, olhando pela janela da cozinha, quando o telefone tocou — uma, duas, três vezes. Correu, pegou o fone e voltou a tempo de salvar o pão.

— É a professora Beatriz?

Demorou a responder — o "professora" soou repentinamente estranho, como se não fosse ela.

— Sim?

— É o meu filho. Ele vai fazer vestibular. Não é que ele escreva mal, ele é muito inteligente. Mas precisa de um reforço. De um reforço em tudo — é muito dispersivo. Falaram muito bem de você! Disseram que você faz milagres. Você faz milagres? — e a mulher riu.

Beatriz arriscou um diagnóstico prévio: mãe dominadora, com um certo humor invasivo, o que duplica o perigo. Mas ela estava mesmo precisando de aulas extras.

— A gente tenta fazer milagres. Às vezes não dá certo — acrescentou, arrependendo-se em seguida. Mas a mulher não ouviu:

— Você está disponível? Poderia começar hoje mesmo?

Beatriz preferia quando perguntavam antes o preço da aula. Falar de dinheiro é sempre desagradável — as pessoas baixam a voz, olham para os lados, disfarçam, cheias de dedos. Parece que somos todos traficantes nesta vida, pessoas sujas que escondem o dinheiro na bolsa e só o mostram olhando para os lados, suspeitosas — e era como se Beatriz visse a imagem que pensava. Mas algo lhe dizia, pelo tom de voz, que essa mulher pagaria bem, sem chiar. Essas pessoas que querem tudo para ontem, e bancam a exigência.

— Só um minutinho, senhora.

Colocou o telefone na pia, tirou o pão da frigideira, com capricho, e colocou sobre um pires. Parecia bom, tostadinho sem queimar. Retomou o fone:

— Pode ser à tarde? À tarde estou livre. Às duas, está bem?

Estava.

— Mas talvez fosse bom nós duas conversarmos antes sobre o meu filho. Eu poderia lhe dar uma orientação. Ele é um menino... como dizer?

Não diga.

— Tudo bem, só que... o seu nome? Ah, dona Sara, a gente conversa, sim, é claro. Mas agora tenho de sair correndo. A senhora me passaria o endereço?

Desceu do ônibus próximo da rua transversal que cruzava a avenida Batel — região de gente rica, principalmente naquela sequência de três prédios para onde ela estava indo, procurando o número, 227, é ali, o prédio do meio. Pensou que talvez devesse ter vindo com uma roupa menos informal, aquele uniforme jeans, tênis azul, blusa branca, laço no pescoço, a pasta com os textos na mão, mas subindo a rampa da portaria se distraiu, bobagem, estou muito bem, mentiu, lembrando da farmácia em que teria de passar na volta. Estava deprimida. Diante do porteiro, ficou muda, uma impaciência não localizada na cabeça. Parece que a minha vida é me identificar com porteiros — sou uma entregadora de pizzas, e a ideia de que disse isso em vez do "Beatriz" suspirante que de fato confessou acabou por distraí-la novamente. O porteiro falava baixo no interfone; talvez ela fosse recusada e ela voltaria para a rua sem jamais conhecer o garoto dispersivo (hiperativo? déficit de atenção?) que precisava de um reforço, mas o porteiro agitou-se, levantando-se como quem súbito descobre que está diante de alguém realmente importante, o médico na urgência, o encanador que vai resolver o dilúvio no banheiro, o técnico da televisão cinco minutos antes do penúltimo capítulo da novela.

— Por aqui, senhora!

Solícito — a espinha já se curvando, os passos rápidos até o elevador, no qual se atirou em três passadas para abrir a porta antes que, vindo da garagem, ele se fosse para o alto, *é no sétimo andar*, uma mesura respeitosa diante da *senhora*, Beatriz sorriu, *senhora*, e desejou ardente um espelho para avaliar os 28 anos incompletos mas deu de cara com um cãozinho repolhudo que latiu três vezes, um latido fino, agudo, irritante, aliás como a dona, esta sim uma senhora, que gentil pediu desculpa:

— Desculpe, mocinha. Essa menina aqui é muito espevitada! Muito es-pe-vi-ta-di-nha! — esfregava o focinho no focinho do bicho: — Sua bagunceirinha! Fica latindo para as visitas! Que feio!

Será essa a mulher? — assustou-se Beatriz, mas não; no quinto andar a senhora pediu licença e saiu do elevador; o cãozinho latiu de novo, quase pulando do colo da mulher para morder Beatriz. A porta se fechou e ela ouviu mais repreensões da mãe para a filhinha, que sumiram em *fade out* até que o sétimo céu, o sétimo andar, corrigiu-se ela, estou maluca, se abrisse e uma mulher grande lhe estendesse os braços que também pareciam enormes:

— Professora Beatriz!? — Parecia uma velha tia, vendo a sobrinha cinco anos depois; só faltava dizer *como você cresceu*, mas chegou perto: — Você é uma gracinha de menina! — e os braços se esticavam, as mãos nos ombros de Beatriz, avaliando a peça. — Eu não sabia que você era tão nova! — Puxava-a pela mão: — Venha por aqui, vamos conversar.

Atravessou o breve hall cheio de peças douradas, plantas e quadros, percebendo que no prédio havia só um apartamento por andar, e em seguida passou pela porta imensa que dava a uma sala igualmente imensa com uma profusão de tapetes, mesas, poltronas, cores, luminárias, cortinas, tudo muito limpo e sólido, nenhum livro nas paredes, mas o olhar não conseguia se deter, a mulher era rápida — num momento, viu um vulto que apareceu na moldura de uma porta, e sumiu em seguida, como quem se esconde. E agora estava sentada diante da mulher, numa mesa de uma outra sala, menor.

— Que bom que você veio — e sorriam os olhinhos miúdos da mulher, os cabelos vermelhos em torno de um rosto redondo como uma bolacha recheada, bochechas salientes logo acima de dois queixos discretos acima de um pescoço curto. Havia entretanto uma perquirição residual no olhar, alguém que ainda precisa se convencer de que está fazendo um bom negócio.

Tímida, Beatriz restou desconfortável naquele breve momento, em busca do que dizer; a ideia de que provavelmente seria bem paga (na mesa nua, havia apenas um silencioso talão de cheques com uma caneta atravessada, a um palmo da mão direita, gordinha, de dona Sara) contrabalançava-se com a ideia de que aquilo seria muito chato.

— O Eduardo (a gente chama ele de Dudu), o Dudu é muito dispersivo. Rapaz inteligente. — Ela baixou a voz: — É filho do meu primeiro casamento. Você é solteira? Ele...

Seria o vulto da porta? Aliás, com todas as portas escancaradas, o Duduzinho estaria ouvindo a interminável metralhadora. A clássica mãe superprotetora com sentimento de culpa. Isso cansa. Num lapso, Beatriz lembrou o aborto que fez, sete meses depois de casada, e levantou-se, súbita, olhando para o relógio, ainda tentando ser gentil:

— Dona Sara, eu tenho outra aula às quatro. Talvez a gente deva começar.

— Isso mesmo! — concordou dona Sara imediatamente, levantando-se também, decidida, como se fosse dela a ideia de começar logo. — Faça uma avaliação e conversamos!

De volta à sala maior, ela se viu enfim diante de Dudu, ao centro de uma mesa humilhante de tão pesada e bonita, um de cada lado, como numa conferência da ONU. Um garoto bonito, delicado, inseguro e tímido, as mãos enormes sobre a mesa, pontas visíveis de uma alma ainda incompleta; custou a olhar para ela; quando olhou, ela imaginou ver lá no fundo dos olhos azuis um pedido de socorro, mas isso era só uma transferência do sentimento dela, quando enfim dona Sara desapareceu dali, ainda que deixando todas as portas abertas; não parecia uma casa; parecia um conjunto de salões e corredores. Uma aula particular é uma consulta médica, ela fantasiou — é preciso privacidade. Praticamente cochichavam:

— Eduardo, vamos fazer alguns exercícios, só para eu conferir como você está. Tudo bem?

Percebeu nela mesma o tom quase severo da professora, o breve peso da autoridade que compensa a insegurança diante de uma situação nova; talvez o menino se sentisse traído, imaginou. De qualquer modo, sentiu-se bem: estava no seu papel, e era sempre um prazer descobrir o que as pessoas sentem quando escrevem, o que elas escrevem, o mistério daquelas palavras sofridas em sequência. Cada caso era mesmo sempre um caso, negando o chavão com um chavão. Vamos ao trabalho, disse ela, apresentando-lhe uma folha impressa que tirou da pasta: junte as duas sentenças em uma única frase, fazendo as modificações necessárias. Primeiro: *O homem fugiu. O casaco do homem era verde.* Segundo: *Estava chovendo. Ele saiu sem guarda-chuva. (Use "embora".)*

Dudu era canhoto. Enquanto ele escrevia um tanto penosamente — a letra quase ilegível, Beatriz avaliou, de ponta-cabeça, enquanto as linhas saíam da caneta esferográfica que ele tentava esmagar com os dedos —, ela chegou a ver mais uma vez a cabeça de dona Sara lá adiante, como uma aparição, desaparecendo em seguida. Talvez ela queira que a gente fale mais alto, para poder nos ouvir. Conferiu o resultado, que o garoto estendeu lentamente, talvez temendo a resposta: *O homem que o casaco era verde fugiu. Embora chovendo, ele saiu sem guarda-chuva.* Ela sorriu, estimulante. Ele não conhece o *cujo* e não sabe usar subjuntivo. Em duas frases, o retrato inteiro para um estudo de caso. A segunda frase não estava tecnicamente errada, ainda que ambígua. Ficou tranquila: teria serviço para alguns meses. Estavam em abril, o vestibular é em dezembro. Estendeu para ele uma outra folha, com um texto informativo de três parágrafos sobre o desmatamento na Amazônia.

— Leia em voz alta esse texto. Eu vou fazer algumas perguntas, a gente conversa um pouco, e então você escreve um resumo usando 50 palavras. Tudo bem?

— Você não quer um cafezinho? — a voz da mulher reapareceu lá de longe, alta, como quem chama alguém no outro lado da rua.

— Não, obrigada, dona Sara. É melhor a gente se concentrar na aula.

Uma ligeira repreensão no tom de voz. O rapaz olhava para o texto, sem ler, visivelmente pensando em outra coisa — e então estendeu a mão e pediu licença para conferir de novo as frases que havia escrito.

— Eu poderia usar o "cujo" aqui? Tipo, *o rapaz cujo o casaco era verde fugiu*?

Ela sorriu, animada:

— Sim, é claro; seria o justo. Mas não "cujo o"; apenas "cujo casaco". As expressões *cujo, cuja, cujos, cujas* já incluem o artigo.

— Mas ninguém fala assim. Todo mundo diz *a pessoa que o casaco*.

Ela sentiu que ele queria marcar território.

— Certo! Mas escreve-se assim. É a chamada língua padrão, norma culta.

— Eu imaginei que a pessoa nessa frase estava falando e não escrevendo.

Ela conferiu nos olhos dele: havia um toque de humor. Apenas uma breve pegadinha, não uma provocação. Sorriu:

— Sim, você está certo. O registro da frase não estava adequado. Que ótimo que você percebeu! Vamos à leitura?

Ele lia razoavelmente bem, com uma voz quase feminina. Atrapalhou-se apenas com uma sequência de orações subordinadas, que ele teve de refazer para que acabassem em pergunta; e não sabia o que significa *diáfano* e *rotundamente*. Ela explicou — e sugeriu que ele comprasse um dicionário.

— O dicionário é fundamental para quem escreve.

— Eu tenho a versão eletrônica no computador.

O resumo não ficou bom — ele queimou as 50 palavras apenas com o assunto do primeiro parágrafo —, mas o texto estava até razoável: só um erro de concordância (*acontece queimadas todos os meses*) e outro de ortografia (*encontrarão* por *encontraram*). Enfim: estava diante de um caso típico. Já tinha praticamente um curso completo destinado a ele, só venderia a mão de obra — e quando dona Sara se aproximou, uma hora depois, conclamando-a para tomar um café, começou a pensar no preço que cobraria. Súbito, o rapaz desapareceu e ela se viu diante de outra mesa, em outra sala, tendo de decidir entre o chá e o café. Havia uns cinco tipos de bolachas — uma empregada uniformizada surgiu de lugar nenhum, depositou outra bandeja e se retirou em silêncio para o fundo de um corredor de onde vinha o som distante de uma televisão. Beatriz começou a se sentir desconfortável, a mão quente da mulher sobre o seu braço *E que tal o meu filho? Não é inteligente?* Sim, sim, ele é ótimo, ele é muito melhor que a senhora, ela quase disse, *E sabe o que eu ia propor a você, eu achei que ele gostou tanto de você que* — e Beatriz se serviu de café, apenas café, e escolheu um modelo de bolacha que parecia apetitosa, e era — *que eu estava pensando se; mas se sirva, por favor.* Oitenta reais — não, é muito. Se o meu padrão é quarenta, posso pedir cinquenta, talvez sessenta a hora, ela calculou, quem sabe duas, três aulas por semana, isso representaria um desafogo bom enquanto ela — enquanto ela o quê? O café estava bom, forte, e ela pôs um pouco mais de açúcar, esperando o momento para encaixar seu preço, mas dona Sara falava sem parar *sim, sim, eu digo mesmo sair com ele, respirar um pouco outro ar, acho que a minha presença* — ela baixou a voz para confessar — *é um tanto, assim quero dizer, eu intimido, sabe? Ele está nessa fase terrível.* Mas do que essa mulher está falando? — e pegou outra bolacha, sentindo a clássica pontada no pescoço que sempre reaparecia em seus momentos de tensão. Bem, a aula pode ser em outro lugar, é claro, ela acabou dizendo, sem oferecer a própria casa, embora fosse o ideal, não precisaria pegar ônibus — *Ir ao cinema, eu digo, temas de redações, tudo isso seria muito bom para ele, escrever sobre a vida*, os dedos quentes de dona Sara como que pediam socorro e desculpa ao mesmo tempo, apertando-lhe suavemente o braço, enquanto a cabeça se aproximava, *isso seria muito bom e vocês ficariam à vontade, compreende? Até na mesa de um barzinho, se fosse o caso* — e colocou a mão na boca, um escândalo envergonhado: — *Eu acho até que ele é virgem!* — e deu uma risadinha nervosa. Na verdade ela não quer saber como o filho escreve, surpreendeu-se Beatriz, a bolacha na boca, como uma ficha que entala — *Ele passa o dia no computador e isso não é bom, é — bem, ele precisa ver gente, nem tem namorada, nada, e isso afeta o estudo, é claro. Mais café?* Enfim mastigou a bolacha, lentamente, pensando: oitenta reais e desaparecer por aquela porta para nunca mais voltar. Controlou o desejo de se erguer súbita e sair dali. Viu a mulher estender o pratinho — *experimente esse, de amora, é uma delícia de recheio* — e depois puxar para si o talão de cheques que não saiu da mesa em nenhum momento, como uma boia de segurança:

— Pensei em cem reais a hora cheia, Beatriz. Está bom para você?

Uma letra rápida e criptográfica preenchia o cheque, quase que antes mesmo de ouvir aquele "sim, mas" tímido que ela balbuciou tentando articular uma estratégia qualquer que colocasse as coisas nitidamente nos seus lugares para todo o sempre, o que afinal essa bruxa está querendo de mim?

— *Aqui está o telefone dele, você pode marcar com o Dudu mesmo.* E virou-se para o vulto da empregada que reapareceu no corredor, *Fulana, eles vão entregar o baú daqui a pouco*, e a mulher disse, a voz séria e rouca, *Sim, dona Sara*, e Beatriz viu-se quase abandonada na sala, dona Sara desculpou-se, *comprei um baú lindo*, tinha o que fazer, *obrigada, menina, você é ótima*, um fantasma que troca súbito de *script*. Levou outro susto ao ver diante do elevador a figura alta de Eduardo, abrindo gentil a porta para ela, e ela temeu que ele descesse junto para acertarem os detalhes, mas não — ele só queria dizer, sussurrando, *Desculpe, minha mãe é louca. Ligue diretamente para mim* — e antes de a porta fechar ela viu o vulto da mãe reaparecendo lá adiante, discreta, contemplando a despedida, como quem confere se tudo correu de acordo.

Dois andares abaixo, o cãozinho latiu de novo de algum lugar distante no espaço. Ela lembrou que teria de passar na farmácia, e abriu a bolsa para conferir se o cheque estava mesmo certo.

VIAGEM

Quis o acaso que eu fosse parar na estação rodoviária, ponto final de uma sucessão de escolhas erradas que ainda — eu tinha certeza — iria se desdobrar em outras desgraças, a mais simbólica de todas uma palestra inútil a ser proferida numa escola no fim do mundo por um cachê irrisório que eu havia aceitado cinco meses antes e que agora me deixava exatamente ao lado daquele homem tranquilo, como eu acomodado no assento de plástico azul à espera de que o ônibus nos recolhesse, a nós e a outros gatos-pingados naquele começo de madrugada para uma viagem de cinco horas, porque a cidade não tem aeroporto próximo, eu quase me vi dizendo ao homem para marcar minha superioridade, só por acaso estou aqui nesse matadouro móvel, o senhor me compreenda, e eu buscando metáforas adequadas àquele programa de índio, treinamento de recapacitação de escritor, vamos, procure a palavra certa; vou sacolejar por cinco horas, no escuro, uma merda, enfim, e nem fumar eu fumava mais para me distrair, nenhum livro à mão — fui um estúpido, esqueci a pasta no hotel e o único quiosque daqui só vende jornal de ontem e livros de autoajuda. Para preencher a irritação, fiquei olhando a pobreza remediada do cenário, figuras se ocupando com malas e sacolas ou então desocupadas no café adiante, cotovelos no balcão sustentando corpos que se derramam a um tempo magros e pesados, duros de arrastar noite adentro, ruídos de ônibus, freios, portas hidráulicas se abrindo e se fechando em guinchos e assobios, a agitação de gente realmente trabalhadora e sem tempo a jogar fora; pensei em beber uma cerveja com um martelinho para dormir na viagem e desisti, isso vai me obrigar a ir ao banheiro de madrugada e a ideia de avançar lá para o fundo do ônibus balouçante e abrir a portinha estreita que dá para um buraco com cheiro de — mas estou depressivo demais, eu pensei, e olhei de novo para o cidadão ao meu lado, veja apenas o que está vendo, sem exagerar, eu mesmo me disse, e via um homem mais bem-vestido do que eu, com barba feita, um fio de perfume, um terno bem cortado, como se ele fosse a uma audiência e não a um *rafting* sobre pneus, as pernas cruzadas, que olhou para mim sorridente — esse cidadão, eu mesmo me disse para me punir, é muito melhor que você e por isso aguarda a viagem de ônibus tranquilamente, em paz com o universo e não com —

— Perdi tudo — ele me atirou súbito, com um sorriso autista, absurdo, como se dissesse o contrário do que eu ouvia. — O senhor acredita?

Era mesmo comigo que ele falava? Sim:

— Cheguei aqui — acrescentou, olhando o relógio — nesta mesma rodoviária, há exatos 11 meses, cinco dias e algumas horas, para voltar ao começo, graças a uma passagem como essa — e ele me mostrou a passagem, idêntica à minha, para a mesma cidade. — O senhor tem a sua aí?, e eu me vi, ridículo, mostrando a minha, poltrona 21, ele conferiu em voz alta, a dele poltrona 22, o que por certo nos colocava lado a lado, e o homem festejou a coincidência imediatamente, com a mão estendida, Muito prazer, meu nome é Rubens! — assim, exclamativo, feliz com o próprio nome de um modo que eu jamais consegui ser, e relutante aceitei o aperto vigoroso da sua mão. — Eu e um gato, ele completou, chegamos ambos, porque era promessa, e promessas devem ser cumpridas, o senhor não acha?

Apenas sorri, defensivo, sem saber o que teria pela frente.

— Cheguei rico, volto pobre, e o gato suicidou-se — e ele riu, como que surpreso mais uma vez com a ideia de um gato suicida. Um louco manso, decidi enfim, relaxando a espinha e olhando atento o rosto dele para desvendar a síndrome, o que me ocupou e me libertou da espera, ainda que eu resistisse a me entregar por inteiro à conversa de modo a preservar a segurança solitária e encastelada do meu mau humor — mas fui abrindo a guarda, porque Rubens era uma presença misteriosamente leve, alguém que pode ser usado quase que sem risco, calculei, e como se me lesse, ele disse: Às vezes penso que fui usado, mas não, não foi nada disso, até porque tenho minhas reservas e uma casinha em Pintadaçu, de que nunca me desfiz — criar galinhas, compreende? Eu vou é criar galinhas, e eles que vão plantar batatas. Estou cansado.

O homem deu uma risadinha sábia (talvez com um toque de ressentimento, ou quem sabe isso fosse só minha cabeça) e silenciou; mais que isso, refugiou-se no silêncio, chegando a se encolher e a fechar os olhos — e agora era eu que queria arrancá-lo de lá para de algum modo aproveitar meu tempo, assim atiçado. Um bom começo de palestra: Estava eu tranquilo na rodoviária de Curitiba, vendo se arrastarem os 42 minutos que faltavam para eu entrar na geringonça que me traria a este lugar aprazível para passar a vocês algo da minha modesta experiência de vida, quando aquele ser bem-apessoado e com alguma nobreza nos gestos, depois de se enterrar num silêncio dolorido, emergiu súbito à superfície para lembrar Arminha, uma mulher pela qual ele estava disposto a entregar, digamos, a sua vida. Mas isso foi o fim do caminho, ele explicou, a mão já amiga no meu joelho, como que pedindo para que eu não me fosse, enquanto conferia se o ônibus já nos chamava, mas não, tínhamos ainda algum tempo, ele disse sem dizer, só de olhar o relógio, como se não fôssemos viajar lado a lado; e interrompeu aquele fragmento de informação — Arminha — para voltar ao começo.

Começou com um prêmio de loteria, essas coisas mexem com a gente, e aqui ele baixava a voz, quase que envergonhado do ridículo da própria vida que súbito lhe desabava, para de um lance repentino ir até o fim de tudo, a filosofia, o sumo das coisas, o balançar de cabeça, a velhíssima sabedoria do povo se confundindo com a frase feita escolar, o editorial dos jornais, as conclusões mais altas, porque tudo gira em direção de uma única verdade, o senhor compreenderá, a mão no meu joelho retraído, o ser humano é muito — ele baixou a voz mais ainda, apenas um sussurro — filho da puta, se o senhor me desculpa a expressão. Sim, eu entendo, pensei, não tendo tempo de achar graça porque nos levantamos ambos assim que o motorista se postou à porta da divisória de vidro para recolher passagens e passageiros, enquanto um funcionário da empresa acomodava malas nos bagageiros, o que não era nosso caso, eu com uma maleta e uma troca de roupa, e Rubens sem nada além de si mesmo e de uma história tão pesada que lhe inclinava a cabeça para a frente: — O ser humano, ele ainda ajuntou, intransitivo, severo, deixando um vago silêncio para que eu o preenchesse a gosto. Um bipolar, imaginei, avançando no escuro do ônibus até a 21, desgraçadamente a janela, o que me deixava sem válvula de escape, sempre se pode fugir pelo corredor, mas não pela janela, e o homem acomodando-se na 22 e fechando-me a saída. Rezei para que o resto do livro de sua vida fosse bom, me vendo, otimista, diante de alunos e professores de um auditório acanhado mas simpático, a fazer daquela viagem uma — perdão — uma "lição de vida", que é o que hoje todos querem. Eu estava mesmo interessado na Arminha, que, fantasiei, desgraçou aquele homem, mas ao se ajeitar na poltrona ele resolveu voltar ao detalhe inicial, à mágica da loteria, que começou com um prato de leite a um gato extraviado na varanda de sua casinha simpática de madeira, com todo aquele barro vermelho em volta, uma cidade começando, ele explicou; um gato sujo, vira-lata, que não quis mais sair de perto, e ele prometeu de estalo, olhando o céu: "Se der o prêmio, cuido desse gato." Nenhuma coincidência quando o prêmio de fato deu, coisa de 900 mil, pelo que entendi — havia pelo menos 15 anos que ele jurava promessas com o que lhe desse na telha, bilhetes esperançosos na mão. Uma vez prometeu asfaltar a própria rua com o dinheiro, um exemplo para a cidade; noutra, casar com a solteirona meio doidinha que só falava escondendo a boca, e ele imitou o gesto, sem rir; na promessa mais bizarra, virar padre, "para sempre", frisou ele; noutra, atravessaria o campo de futebol de joelhos, depois de pagar o ingresso comemorativo dos 3 mil espectadores que lotariam a arquibancada — e enquanto eu ouvia aquele Brasil ingênuo, perpassado eternamente de uma idiotia suave e sincera, ele fechava os olhos recapitulando a vida, tranquilo. Era questão de acertar a aposta, e o gato deu certo, um gato mendigo, sujo e maltratado. O que o homem era? Funcionário da prefeitura. — Nunca tive a cabeça muito boa mesmo, meu pai viúvo me dizia, ele explicou, justificando-se, e fui ficando por lá, atrás do balcão. O pai morreu e ficou o tio, que entre uma partida e outra de dominó me aconselhou: vá para Curitiba e fale com teu primo. Se você ficar aqui vai jogar todo esse dinheiro fora. Todo mundo bota olho gordo.

— O que eu não entendi é que o dinheiro muda a vida. Eu achava que continuaria tudo a mesmíssima coisa. — E fez um gesto de pouco-caso, consolando-se: Vou voltar ao balcão da prefeitura. Tudo que sobe, desce, e fica no mesmo lugar. Está bem assim. Eu até dei um dinheiro bom para o meu tio. Ele vai me dar uma mãozinha.

Fiquei curioso, mas aquilo não foi adiante — eu me via em frente da minha plateia, mudo, por não saber o final da história. O homem me abandonou: ressonava, na escuridão da viagem. Ele não precisava mais de mim — agora era eu que precisava dele. Resolvi mudar a tática e ir ao ataque.

— Mas o primo ajudou bastante?!

Ele abriu os olhos e olhou em torno, inseguro, como alguém que não sabe onde está. — O primo, eu reforcei. — Ele ajudou?

Lembrou-se de estalo: Ah, sim, meu primo disse na mesma hora: venha para cá! Venha direto aqui para casa! Foi... foi comovente. Eu com a gaiola e o meu gatinho, diante da porta do apartamento dele, e mais uma maleta pequena, que eu sempre fui uma pessoa simples. Arminha amou o gato à primeira vista, tirando a gaiola da minha mão — e o homem estendeu o braço para o corredor do ônibus, dedos em ramalhete sustentando delicadamente a gaiola imaginária, bem longe do corpo que (eu imaginava o detalhe) fazia um arco para trás enquanto os passinhos miúdos da mulher levavam para longe aquela coisa. A gaiola certamente estava fedendo, mas Rubens nunca teve olfato para nada. Sentiu o abraço apertado do primo:

— Primeiro de tudo, compre um bom apartamento mobiliado. E depois vemos as aplicações. Claro que vou ajudar você. Vamos trabalhar!

Se bem que no começo ele ajudou mesmo bastante, balbuciou o homem, contrapondo-se à própria má vontade; sempre é preciso suavizar a desgraça. Dinheiro na mão é tudo vento, como diz o povo, ele sussurrou. O primo quase que não teve culpa.

— E o gato?

Rubens silenciou por dois segundos, talvez tentando mais uma vez descobrir o sentido do que ia dizer, que parecia sempre lhe escapar:

— Jogou-se do 12º andar. Isso já do meu apartamento, aquele que eu tive de vender. Quer dizer, o primo vendeu. Arminha me explicou: o gatinho estava tão tranquilo, subiu na amurada da janela, no parapeito com flores, como fazia tantas vezes, ela me disse, e se arremessou para o alto feito um desenho animado. Arminha estava quase chorando quando me contou. Tom e Jerry não morrem nunca, mas ele morreu. Um suicídio. Eu devia ter tirado a conclusão certa — o prêmio era do gato, não meu. Com a morte dele, esvaíram-se os meus direitos. Virou-se para mim: O senhor é casado?

— Já fui casado três vezes. Não foram boas experiências.

Era para ter um toque de humor, mas o homem não achou graça; ponderou minhas palavras, a cabeça balançando, fatalista. Eu tive duas noivas, ele explicou, comparando, o gesto geométrico do braço, uma noiva à direita, outra à esquerda — a primeira de infância, que morreu aos 26 anos, atropelada na BR. E a Maria, que não deu certo; eu sou um homem esquisito. Ela desmanchou o noivado e casou com o gerente da Caixa Econômica. Pensando bem, um bom negócio, concluiu o homem, misteriosamente sem rir. Afinal, sou apenas um balcão honesto da prefeitura, imaginei ele prosseguindo, mas ele não disse isso. Uma criança de colo começou a chorar agressivamente três ou quatro poltronas adiante; a mãe balbuciava consolos inúteis e senti uma pontada funda de mau humor que se transformou no mesmo momento em dor de cabeça, a minha enxaqueca de sempre, espetadas lancinantes atrás dos olhos — aquela criança iria chorar a viagem inteira. Massageei as têmporas com força.

— Quando vi Arminha levando a gaiola, eu — e o homem se calou. Abri os olhos, e na sombra, percebi que ele olhava furtivamente em torno, quem sabe temendo que alguém mais ouvisse a história de sua vida. Confessou, cochichando, o choro da criança ao fundo:

— Eu me apaixonei por ela. Por isso que eu...

Quase eu disse — Natural! — mas calei-me. Entre a dor de cabeça e o choro do bebê, eu estava tentando entender a síndrome; um homem articulado, sem dúvida; falava até com certo prazer, aqui e ali o gosto de uma frase mais bem-cuidada, um certo sopro retórico, quem sabe apreendido das reuniões da Câmara, ouvidas lá do balcão da portaria; quem sabe das letras catadas do tio bem-intencionado, entre uma e outra partida de dominó; duas ou três palavras quase difíceis, que ele punha aqui e ali nas frases com o cuidado de quem encaixa uma delicada cereja no alto de um chantili; *sempre tive sentimentos altruístas, sem pensar neles*, o homem filosofou, *e de repente o homem bom é como que uma serpente. Sim, um homem bom* — e ele voltou a tocar meu joelho com a mão, duas palmadinhas, o toque cordial: um homem bom. Acreditei nele. Um homem bom. Mas a pessoa humana não vale nada, ele concluiu, retomando o chavão da rodoviária, o que o levava a um curto-circuito argumentativo. Um homem bom, o homem não vale nada — como conciliá-los, se são o mesmo? Tentei localizar — e me vi de novo refugiado diante da plateia de Pintadaçu, aquelas estudantes do primeiro curso de Letras da cidade, a bandeira do Brasil no canto da sala, os professores orgulhosos da visita do escritor, o discurso do diretor, alguém com a máquina fotográfica esperando o momento de eternizar-se ao meu lado — Vejam, meus amigos, era questão de saber se o ser humano a que aquele homem se referia era Arminha, sua paixão, ou se era ele mesmo, confessadamente "um homem bom". A imagem de mim mesmo falando no dia seguinte me tranquilizou: sim, eu teria o que dizer na palestra. Justificava assim, a autoestima baixa, o cheque que seria entregue num envelope discreto, já surrupiado de imposto de renda, imposto sobre serviço e taxa do Instituto Nacional de Seguridade Social. Filhos da puta. Um homem bom. Mas como ela era? — perguntei súbito.

Agora sim, ele sorriu — no escuro, vislumbrei o brilho dos dentes. Ele baixou a voz, a mão novamente no meu joelho: morena, ela é morena, baixa, um metro e cinquenta e sete, e lábios carnudos como os de Iracema. Os cabelos negros. Negros, lisos e curtos, e ele precisou: Cortados aqui — e o dedo mostrava a linha do pescoço, num gesto ríspido de faca — como os de Cleópatra, acrescentou, sem rir. Quando eu vi Arminha a primeira vez, ela usava uma saia branca com pássaros azuis; e a blusa era azul-clarinha, com laços nos extremos das mangas; e usava brincos. E dois ou três anéis, um deles com pedra, ele lembrou, de novo estendendo a mão, mindinho espevitado, e segurando a gaiola daquele gato sujo que ela certamente lançaria aos céus do 12° andar para em seguida chorar lágrimas de crocodilo à sua paixão fulminante e endinheirada que acabava de abrir a porta, quase flagrando-a no crime, preocupado com o choro da mulher amada — e as estudantes de Letras olhariam para mim, em suspense, à espera de um desfecho. A tal moral da história.

Uma paixão à primeira vista, eu diria, depois de um gole de água — o dinheiro cega as pessoas, eu também diria, fazendo autoajuda negativa e eco ao saber dos pobres. Um apartamento, para quem sempre viveu numa casa, com seus telhados acolhedores e o céu bem à mão, é um espaço abstrato, frio, apenas uma ideia de moradia: habitamos um interior sem exterior, transformados em pensamentos que sobem elevadores e percorrem corredores, cavernas e grutas geométricas, túneis elevados onde vivem pessoas desconhecidas e de onde súbitas janelas derramam fachos artificiais de luz, e do alto vemos um cenário venusiano de prédios espetados — e fechei os olhos, dormitando no solavanco suave do ônibus, a dor de cabeça sob controle. Está bom esse?, o primo lhe disse duas semanas depois, como se perguntasse, abrindo uma porta para uma sala já mobiliada — o corretor, ao seu lado, sorria. Veja, é o tamanho ideal para você; é perto do centro; e próximo lá de casa, a gente fica sempre à mão, e Rubens assinou o cheque, inebriado, 322 mil reais. "Eu vejo a papelada toda pra você", disse nitidamente o primo, pondo o cheque no bolso num acaso tranquilo. Quanto custa uma mulher? — não, isso não se pergunta, eu me corrigi, ainda perdido no sonho, apenas se descobre, dando algumas voltas e batendo-se a cabeça.

— Quando começou?

Ele não abriu os olhos para responder: Exatamente no primeiro dia.

Vejam vocês, eu diria à plateia hipnotizada — e comecei enfim a gostar da viagem —, o provável diálogo entre Arminha e o marido teria se dado já naquela primeira tarde, talvez, ou no dia seguinte, na acanhada sala de estar do apartamento, e não foi tão fácil como pode parecer agora, à distância. Quem sabe antes mesmo, logo depois do telefonema do primo caipira. Talvez houvesse mesmo uma boa intenção, alguma coisa substancialmente simples mas eficaz: Vamos ajudar o primo. Sim, vamos ajudar ele. Os dois concordaram em silêncio e ficaram quietos por um minuto, ruminando a bondade humana. Então ela perguntou:

— Ele é solteiro?

O marido levantou-se e em dois passos estava diante do balcão e da bandeja com o café e a velha garrafa térmica, que sempre derramava na toalhinha, como agora, de novo; e o açucareiro estava vazio, também de novo, e ele sentiu uma irritação contra a mulher, uma irritação em segundo plano, por assim dizer, apenas um sopro, um impulso volátil de desagrado que se desfez no mesmo instante; voltou-lhe o primo à cabeça, e com ele um maço de dinheiro. Bebeu o café frio, sem açúcar. Vamos ajudar, ele repetiu mais decidido, quase um ato de contrição.

— Acho que sim. Não sei. Parece que já foi casado. Ele tinha fama de idiota.

Sentiu o café descer frio e amargo e olhou sua mulher, que cruzava as pernas, o joelho à mostra; os dedos, unhas com a pintura falhada, refaziam pensativos o friso da bainha da saia, azul sobre a pele morena. Ela também pensava. Ergueu a cabeça e sorriu:

— Esse povo fala muito.

— É.

Talvez ele tenha sentido uma picada de desejo pela mulher, sentimento já um pouco esgarçado pelos anos de casamento sem filhos, pela falta de dinheiro, pelo tédio. Quem sabe agora o súbito desejo o levasse até ela para erguê-la da cadeira e empurrá-la à parede, para os dedos levantarem sua saia e chegarem à calcinha vermelha, e ela se deixaria entregar, lassa e postiça, maravilhosamente vagabunda, a coxa erguida enlaçando-o de um golpe como se selassem um acordo sujo e excitante — todos os lugares-comuns da paixão suburbana, a bela vulgaridade estilizada ali se encontrariam. Mas apaguei a cena — não iria conseguir verbalizá-la diante da plateia silenciosa, atenta, delicada, casta e generosa, que me ouvia com reverência e admiração. Prefiro deixá-lo a ruminar o café azedo e a contemplar os dedos de Arminha refazendo uma bainha imaginária na saia azul, e vê-la adivinhar o que passou na cabeça dele, como por acaso:

— Essas unhas estão um horror. Já marquei hora na manicure.

E então parece que o mundo voltou ao normal. Ele pensou em beijá-la, talvez apenas uma despedida antes do retorno ao trabalho na revenda de carros usados, talvez um pouco mais que isso, um beijo demorado, como se a chegada do primo, a sua simples presença, tivesse o dom de aumentar a eletricidade da casa — primos são afrodisíacos. Mas ele não fez isso — parou um segundo na porta, a sugestão casual:

— Por que você não leva ele no shopping?

— Os dedos dela me tocavam no provador — e Rubens mostrou no escuro do ônibus os dentes felizes da lembrança. — No começo, sem querer, quase um olhar de mãe conferindo o caimento do casaco, atento ao detalhe, à costura, ao acabamento do bolso, um olhar que subia e descia pelo meu figurino como se diante de um manequim de gesso alisado por dedos profissionais ajustando bainhas e conferindo dobras; mas Rubens não tinha linguagem, só sentimento, era eu que escrevia por ele. Um homem só sentimento! Que raridade! Capaz de falar assim, pausadamente, olhando para o infinito no limite escuro do ônibus:

— O que aconteceu, vizinho, é que eu estava há muitos anos sem afeto.

Aquilo me calou. Engasguei, como se ele falasse de mim: Beatriz, Cláudia, Antônia — todas. Há muitos anos sem afeto, repeti na memória, mas a frase não vestia em mim como vestia nele, tão perfeitamente. Eu estava mentindo — ele, não. Ela fechou o provador — e a mão de Rubens, que antes segurara com nojo a gaiola do gato simulando o andar de Arminha, agora repetia no espaço o gesto simples de fechar a cortina, aquele puxar delicado de roldaninhas no alto, a leveza do braço de um lado a outro, zupt!, o lance rápido e natural de um funcionário da casa garantindo a privacidade do cliente — *pelo lado de dentro*, ele detalhou num sussurro, ela fechou o provador pelo lado de dentro, estávamos ambos presos naquele metro quadrado.

— Mas não havia lascívia — completou, feliz com a palavra, que remoeu talvez por um bom tempo até depositá-la entre nós para avaliação. Sim, até ali ela só queria ajudá-lo, ele tão canhestro naquele shopping fino (a que ela mesma fora tão poucas vezes na vida, ele acrescentou com um sopro raro de insídia, o farelo de um ressentimento, aquela pobretona), ela tão despachada, feito uma mãe ralhando — tire esse paletó, ponha esse, espere, ajeite aqui — e na ponta dos pés como que o envolveu quase sem tocá-lo, o rosto tão próximo, as mãos conferindo o colarinho atrás do pescoço, *espere*, ela disse baixinho, delicada, o vapor do perfume, aquilo era tão bom, e o coração dele disparou. Tantos anos sem afeto, ele lembrou agora, remoendo — mas não naquele momento. Naquele momento ele triunfou:

— Você precisa de um apartamento novo, ele tentou dizer em voz firme, mas apenas gaguejou nervoso, avançando a cabeça; e ela nem sorriu, desviando o rosto, como se não ouvisse; testava agora a cintura dele, os dedos correndo entre a calça e a barriga, que se encolheu num reflexo — e eu dei uma risadinha imaginária com a imagem que inventava. Está boa a cintura, ela disse, mas você precisa de um cinto preto, para combinar com o sapato.

— Era como se vivêssemos juntos há 30 anos — e, como se isso fosse uma coisa boa, os dentes de novo sorriram no escuro. O prazer que ele sentiu naquele provador que ela invadiu ainda três vezes, os mesmos dedos fechando a cortina para o teste de três camisas.

— Mas ele foi inconveniente?! — imaginei o marido perguntando à mulher à noite, temendo a resposta, quando ela, *en passant*, se referiu à oferta de um apartamento para eles também, afinal, tudo que já fizeram pelo primo e... — Alguma coisa *maior* — ela havia frisado, olhando em torno com uma breve careta.

— Inconveniente? — Uma breve pausa. — Hum... não. Não não. — Decidiu-se, enfim: — Não, de jeito nenhum. Ele é só uma pessoa simples.

Temos de desculpá-lo; é um homem simples — o mesmo mecanismo lógico passou pela cabeça de ambos. Entre eles, o sopro de um alívio, e o marido enfim puxou a mulher para si.

— Uma boa pessoa.

Imaginei o beijo na testa que ele deu em Arminha, pensando longe.

— Fiz café novo para você — ela disse, desvencilhando-se delicadamente do abraço, dando dois passos até a mesinha e abrindo a garrafa térmica. — E enchi o açucareiro.

Um momento bom da viagem — total escuridão, o ronco suave do motor, nossos olhos fechados. Vejam, eu diria à plateia atenta, agora no esforço de amarrar minha palestra segundo uma interpretação plausível que não reduzisse aquele homem à caricatura que de fato era; a salvação é o afeto, o mundo dos afetos, e aqui desviei minha alma para mim mesmo, sozinho no provador mental. No caso dele, os provadores eram concretos. — Você precisa de calças novas! De fato, uma verdadeira amiga.

— Você não vai reconhecer ele — Arminha disse ao marido, servindo-lhe o café. — Ficou muito elegante! — e ambos sorriram.

— Naquele momento percebi que amava ela — ele cochichou, inesperado, inclinando a cabeça em minha direção. Eu ouvia a respiração dele no escuro. — Gostaria de poder levar Arminha a passear para ouvir estrelas — ele prosseguiu com um toque de melancolia, feliz com a imagem. Quando na vida Paulo Donetti poderia dizer algo semelhante a alguém, de alma leve, sem sarcasmo? Ora, ouvir estrelas! — mas esqueci de mim e apurei o ouvido, porque ele continuou a falar. — Num momento, em outro shopping (eu passei a frequentá-los, convidando-a gentilmente para me ajudar, porque aquele era o único espaço em que a gente podia... entende?) — era a escolha de uma gravata. *Você não sabe combinar as cores*, ela me disse, ralhando. E apertou aquele nó corrediço suavemente, ajeitando-o sob o pescoço e empurrando-o discreta para o fundo do provador, porque uma camisa estava em jogo também, um bom álibi, e dessa vez, parece, a intensidade da paixão impediu-a até mesmo de fechar a cortininha (dez horas da manhã, ele me disse, como uma indicação preciosa de especialista, o dedo erguido, a voz séria — vá aos shoppings dez horas da manhã, que o movimento é mínimo, as lojas estão vazias e não há ninguém nos provadores —, e súbito sofri um choque de silêncio, tímido diante da plateia, desgraçadamente nunca fui um escritor extrovertido, qualquer escriba de quinta categoria faria uma festa com esse detalhe, a utilidade de um provador de shopping às dez da manhã, o anfiteatro às gargalhadas, os alunos descobrindo pela primeira vez a verve daquele gênio desconhecido que eles só leem porque são obrigados pela professora; mas não eu, gaguejante às voltas com o meu personagem igualmente tímido, um pudor inexplicável de escancará-lo ainda mais aos outros, um homem sem afeto sacolejando também sem dinheiro na viagem de volta e me confessando sua vida desgraçada) —

— Eu amo você — ele disse, num sussurro certamente trêmulo, e foi como se enfim desabasse na felicidade, os tapinhas de ênfase no meu joelho, os dentes armando o sorriso da lembrança que se foi, a voz de Arminha intercalada de sorvete, hum, está bom!, em pé, ao lado da escada rolante:

— Temos de tomar muito cuidado, meu amor.

— E?

E minha pergunta era exatamente como o olhar dos alunos agora diante de mim, aquela bela juventude atenta, súbita sem literatura aguardando o detalhe sórdido da vida real: foram para a cama? Ele não disse, mas eu não disse que não — e enquanto isso, os cheques voavam, e Rubens sorriu, como quem contempla andorinhas riscando um céu azul, que bela imagem para guardar na alma.

— Ela era um andorinha — ele sonhou.

— Um novo carro, por que não? — o marido sugeriu, ao vê-la tão faceira. Sim, também um carro, ela disse, e uma diarista todos os dias, que eu não estou aguentando — e olhou para as unhas agora sempre bonitas. Ele é tão fofinho, Arminha pensou (e os estudantes olharam para mim, como a avaliar se deviam mesmo acreditar no que eu dizia, esse velho e superado narrador onisciente, quem acredita nisso? — a palestra próxima do final, a voz suspensa), mas temeu confessar em voz alta; o marido compreende o que ela quer dizer, é claro, mas há limites — um bom silêncio vale ouro.

Alguma coisa inefável sinalizava que a viagem estava chegando ao fim, ainda no escuro da madrugada — a sensação de que a máquina do mundo faz uma pausa, breves sons diferentes surgem do sono incompleto, há um respirar em alguma parte de alguém que se agita; abri os olhos, e como comprovação brutal da minha previsão, as luzes se acenderam. Senti o toque cordial no meu joelho, o arremate:

— O dinheiro é uma desgraça. Perdemos tudo, o primo me disse, muito sério. Ainda bem que guardei uma reserva para você, e apertou meu braço, num gesto compreensivo e solidário.

Eu olhei em torno, pensando só nela. Você acredita? Eu não pensei em dinheiro. Eu pensei nela. O que seria de nós? Gaguejei alguma coisa, a alma inteira branca, e ele disse:

— Arminha? Você quer saber da Arminha? — A mão firme no ombro do primo, olhos nos olhos, o tom discreto de uma acusação:

— Você está sentindo falta dela?

— Não, eu — e minhas pernas amoleceram, você acredita? — Eu só queria — e ele não tirou a mão do meu ombro para dizer:

— Ela viajou para o sul, foi ver a mãe. Ficou transtornada com a notícia. E o marido abraçou o primo Rubens, enfim comovidamente: Eu fiz o que pude, primo. Acredite. Tome um café.

E era como se eu visse a garrafa térmica nova, sem pingar na toalhinha branca, o açucareiro cheio, a pergunta gentil antes de servir: Duas colherinhas?

Acordei da palestra ainda vendo Rubens desaparecer na pequena estação rodoviária sem se despedir, como se pulverizado à luz do dia nascente. Talvez com vergonha, eu pensei, para dar algum sentido à cena, alguém que se expõe ridículo a um desconhecido — mas não; ele era diferente de mim, um homem transparente, um... um bom homem, decidi, fazendo as pazes com a espécie, tenho a alma frouxa — e a menina tocou-me o ombro, sorridente, ansiosa, feliz: O senhor que é o escritor Paulo Donetti? Eu sou a Gabriela, do Centro Acadêmico. Muito prazer! Vou levá-lo ao hotel. O senhor tem bagagem? A viagem foi boa?

Agradeci discretamente as palmas. Um aluno e duas alunas surgiram com livros na mão, pedindo-me autógrafos — alguém me emprestou uma caneta; e um grupo queria uma fotografia em conjunto, *o senhor no centro, é claro!*, insistiram, tirando-me da ponta; depois um professor me passou a sua coletânea de poemas, já com a dedicatória, *Ao grande escritor Paulo Donetti, que* — e outro grupo também queria uma foto. Mais tarde, o diretor entregou-me o envelope, que enterrei no bolso sem conferir. Os alunos gostaram muito da sua palestra, ele me disse, com ênfase. Um cafezinho?

BEATRIZ E A VELHA SENHORA

A temeridade de pagar um anúncio no jornal — *Assessoria de textos*, com um número de telefone e duas indicações vagas (*aulas e revisões*) — foi recompensada na manhã seguinte com uma voz rouca, feminina e velha. Na verdade, meio surda, do tipo da surdez agressiva de quem não quer ouvir. Tentei esclarecer detalhes, mas ela apenas passou o endereço, disse que à tarde estaria disponível, e desligou, cortando-me a voz. Desconforto logo esquecido — iria enfrentar uma mulher autoritária —, fiquei animada com a rapidez da resposta. É duro morar sozinha, o troco que restou do meu desastre conjugal. Mas tenho de voltar a viver.

Avancei pela calçada conferindo números numa rua próxima à praça Santos Andrade até deparar com o prédio antigo, com uma boa vista para as árvores do Passeio Público. Distraída, imaginei a biografia da minha freguesa: viúva de um alto funcionário público aposentado, recebendo uma pensão gorda, com todos os quinquênios a que tem direito, e herdeira de uns tantos apartamentos, quer que alguém... mas o que ela quer mesmo?

Cheguei a um velho balcão ainda imponente, e atrás dele o porteiro mal levantou os olhos do jornal para apontar o corredor escuro. Subi por um elevador barulhento de grades antigas e saí da gaiola como quem desembarca num velho filme, encontrando em seguida o número 703, o metal dourado dos números brilhando sobre a porta; apertei a campainha e ouvi um "já vai" arranhado, iniludivelmente autoritário, quase uma repreensão. O que me deixou feliz: minha primeira avaliação estava certa. É bom não se enganar com as pessoas. Seguiu-se um tilintar de metais — duas tetrachaves, mais a chave normal, que a velha, parece, demorou a encontrar (eu escutava as mãos trêmulas sofrendo naquela algema de chaves). Mas não era só — porta aberta, havia ainda uma tranca de correntinha; na breve abertura, vi os olhos miúdos da mulher disparados em minha direção, no meio de um mapa detalhado de rugas, tudo sob um cabelo curto tingido de amarelo. O peso de um brinco de ouro parecia inclinar sua cabeça pequena.

— Você é Beatriz?

Sorri, para desarmar os espíritos, dizendo que sim. Ela bateu a porta, desajeitada, e abriu-a em seguida, liberada a correntinha.

— Vá entrando. Não repare a bagunça.

Era o mesmo tom de quem dá ordens, mas preferi ver uma boa intenção oculta no estilo rude. Não havia bagunça nenhuma — nada estava fora do lugar. Enquanto ela voltava a lutar com as chaves para novamente se trancar, avancei lenta pelo corredor atulhado de antiguidades, pratos nas paredes, toalhinhas, mesinhas, *biscuits* de porcelana, bonequinhos de prata, luminárias fracas aqui e ali, e a foto antiga de uma criança desbotada com um laço enorme no cabelo ralo, que, já um tanto nervosa, peguei para ver mais de perto, um gesto antes de timidez que de abuso, ouvindo ainda o tilintar das chaves atrás de mim; imaginei perguntar alguma coisa só para me aquecer — em tudo, pensei, havia o gelo de alguém que se aferra a um outro tempo. Devolvi a foto à prateleira escura e escutei súbita a voz:

— Essa era eu.

— Uma graça — eu disse, sem mentir completamente, e continuei avançando até a sala que se abriu, mal iluminada pelas cortinas pesadas. A mulher gostava de penumbra.

— Sente ali — ela ordenou, apontando uma mesinha circular e uma cadeira Luís XV de estofado gasto.

Obedeci, e ela arrastou outra cadeira para perto da minha, cuidando (imaginei) para deixar o ouvido bom no lado certo, e assim me escutar bem. Uma mulher miúda e tensa, de uma vivacidade contida; sozinha no apartamento, todas as manhãs ela se vestiria, depois de uma noite maldormida, como quem vai a uma festa inexistente, a blusa, o sapato, os brincos, a pintura, sinais avulsos de desejos esfarelados, habitantes de um mundo paralelo em que ela não entrou e que não pode mais largar. Isso é má literatura, pensei comigo, me corrigindo; talvez isso seja eu — olhe para ela e não pense. Foi o que fiz, agora atenta, e então a mulher suspirou, senti que a couraça autoritária se afrouxava um pouco, os braços aliviaram-se sobre o colo (mas as mãos tremiam sempre), e eu sorri, como a estimulá-la a me dizer algo, e ela enfim disse, mas não era ainda o principal — era uma averiguação:

— Você é muito nova.

— Nem tanto — e sorri de novo, pensando nervosa se os meus 28 anos bem-contados, ditos em voz alta, não seriam uma agressão aos prováveis 80 daquela mulher, alguém que coincide exatamente com a idade que tem, eu pensei; e acrescentei: como eu. Mas parece que a constatação da minha juventude a satisfez por si só, como se isso fosse o essencial, mais ainda que os meus dotes de revisora. A mulher suspirou alto agora, a cabeça balançou em busca de um ponto de equilíbrio, os olhos giraram sem direção até que se concentraram diretos nos meus, sem piscar:

— O meu marido me traía.

Aquilo foi um choque, menos pela confissão e mais pelo fato de que eu, cinquenta anos a menos, poderia dizer exatamente a mesma coisa a ela, sem mentir. Fiquei muda, a boca entreaberta. Será que ela havia lido corretamente os classificados?

— Espere — ela ordenou, e se ergueu da cadeira como quem esqueceu algo urgente que vai buscar correndo agora, e eu imaginei, no escuro, que ela surgisse da penumbra em que sumiu trazendo provas insofismáveis, fotografias de detetive, encontros escabrosos, confissões de próprio punho, a que se seguiria um rosário de lamentações. Eu seria paga para ouvi-la. Tomaríamos chá e comeríamos biscoitos feitos em casa. Não seria tão mau.

Mas ela voltou em dois minutos com um punhado de folhas em branco de papel almaço, na verdade um caderno de folhas duplas, grandes, usadas nas provas escolares antigas (lembrei da minha mãe professora), despejou-o na mesa, quase agressiva, e sobre ele depositou uma caneta. Era uma ordem:

— Eu quero que você escreva o que aconteceu — e então ela confessou, no primeiro momento em que a contragosto deixava entrever um ponto de fragilidade: — A minha mão — e os dedos da mão esquerda agarraram o punho da mão direita — não consegue mais. E eu...

Ela queria acrescentar algo, parece, alguma outra razão secreta, mas não disse nada. Com um gesto brusco, pegou a caneta novamente e estendeu-a para mim, em silêncio.

Muitas coisas passaram pela minha cabeça, entre elas as práticas, como o fato de que seria melhor escrever num laptop que escrever à mão em folhas de papel almaço; e senti as pequenas irritações da convivência — eu não era a empregada daquela mulher para ela falar daquele modo; "assessoria de textos" não significa trabalho de copista; eu estava começando carreira solo na vida e precisava de dinheiro, e foi para ganhá-lo que eu apertara aquela campainha; enfim, eu começava a desconfiar de que perdia tempo diante de uma velha louca. Mas, tudo somado, obedeci. Aproximei a cadeira, peguei a caneta daquela mão trêmula de unhas pintadas e ajeitei o maço diante de mim, transformada em um escrivão medieval. Faltava luz, o que ela percebeu sem que eu dissesse — olhou em torno, como se não conhecesse a própria sala, descobriu um abajur de pé, estilo *belle époque*, arrastou-o para o lado da mesinha desembaraçando os pés do fio elétrico que se enroscava, e acendeu-o. Tranquila agora — todas as suas ordens haviam sido cumpridas — ela voltou a me olhar agudamente nos olhos. Como se adivinhasse um dos meus espantos — aquele escuro proposital em plena tarde ensolarada de Curitiba, que transformava a figura num esboço de Rembrandt —, ela explicou:

— Eu sofro de fotofobia. A claridade destrói a minha vista.

Pensei em aproveitar a momentânea paz para falar em dinheiro, mas a timidez me calou; e de qualquer forma ela não deu tempo — estendeu o braço como quem pede silêncio, olhou para o teto, fechou os olhinhos e declamou:

— Minha história.

A mão sacudia os dedos em minha direção, a dizer "escreva logo isso", como se a voz viesse de um transe espírita que poderia se perder se eu não fosse rápida. Escrevi na primeira linha, com capricho: *Minha história*.

Ela baixou a cabeça, abriu os olhos e espichou-os em direção à folha, para conferir a qualidade do meu trabalho. De repente, numa reversão absurda, eu me transformava em aluna ansiosa por aprovação da professora; cheguei a sorrir quando ela sorriu, aprovando a obra com um balançar de cabeça. Reforçando o elogio silencioso, emendei:

— Tenho a letra firme e redonda — uma repetição exata do que um antigo professor me dissera, pensando em outra coisa, e sorri, como a indicar que eu brincava, mas ela não ouviu, voltando ao transe:

— Meu nome é Dolores Maria Rubia de Alicanto e tenho 83 anos de idade. Nasci em São Paulo em 12 de fevereiro de 1923. Mas não é disso que eu quero falar.

Aqui imaginei que eu deveria suspender o trabalho, mas não: ela prosseguia de olhos fechados em direção ao teto, e a mão trêmula parecia indicar a reiteração da ordem para que eu escrevesse tudo que viesse de sua boca, a voz clara, rouca mas nítida, empostada, lenta, no ritmo da minha escrita — escrever tudo, salvo indicação em contrário, o que quase não houve nas próximas duas horas.

— Eu quero falar do dia 13 de outubro de 1950, em Curitiba, cidade em que ele, então meu marido, um homem elegante, às vezes até bonito, servia com a patente de coronel no quartel da praça Rui Barbosa, onde ele trabalharia durante toda sua vida não muito longa. — Ela parou e voltou a olhar para o alto, os lábios se movendo silenciosos em alguma fala imaginária da memória. E, súbito, a voz voltou, firme: — Nesse dia, ao visitar minha amiga Lívia Ceres de Donato, então com 27 anos, estudante de medicina da Universidade

Federal do Paraná, filha única do famoso desembargador Antero Fúlvio de Morais Donato, depois membro do Supremo — não não, ele nunca chegou lá; era do STJ, escreva aí, do Superior Tribunal de Justiça —, e nossa vizinha no prédio novo de quatro andares da rua Cândido de Abreu, e —

Dona Dolores tinha o domínio da linguagem dessas pessoas de outra geração que desde o berço conviveram com as letras, com os bons colégios, com aulas particulares, com um resíduo aristocrático de quem sabe seu lugar, e seu lugar é respeitável; ouvindo-a, eu parecia ouvir um manual do bem-falar dos tempos de antanho, com sequências discretas de orações subordinadas que sempre se coordenavam adiante, para iniciar outra leva de informações que pareciam se agrupar mais pela volúpia da fala que pelo valor do que se dizia, mas eram sons articulados com pompa, conscientes de si mesmos e que se justificavam pelo seu simples impacto acústico, exigindo silêncio. E ela também tinha noção clara do ditado — em algum momento da vida deve ter sido professora diletante —, sabendo parar no momento exato e prosseguir quando minha mão se suspendia, à espera. De maneira que praticamente sua fala já vinha pontuada, ainda que eu, no ato da cópia, aqui e ali modificasse alguma coisa, e sem rasuras, o que foi me deixando feliz, como alguém em uma competição difícil, uma espécie de maratona de copista, sabendo que ninguém faria a tarefa tão bem quanto eu. E o que eu ouvia era irresistível. *Abri a porta da vizinha — tínhamos intimidade para isso, amiga de muitos anos, às vezes ela ia para São Paulo, às vezes eu vinha para Curitiba — e — e aquilo era um filme de décima categoria, num cine pulgueiro qualquer, mas eu não fiz escândalo, eu nunca fui pessoa de fazer escândalo, odeio escândalos; algumas pessoas deveriam se dar ao respei-*

to, eu até poderia dizer, mas isso era ainda pouco, para falar a verdade, qualquer coisa era pouco para responder à altura do que eu via, mas eu precisava estar à altura do que eu via, eu tenho um nome comprido e devo zelá-lo, e coloquei isso como um destino na minha vida: estar à altura de minha própria vida. Aqui ela parou, tomando ar, aflita para não perder o fio da meada. E ordenou:

— Escreva de novo, e sublinhe: *Sempre quis estar à altura da minha vida.*

Mordi a ponta da caneta e quase perguntei o que afinal ela tinha visto, mas preferi esperar; ela fez uma longa pausa. Seguiram-se algumas filosofadas xaropes — o "estar à altura da vida" parece que inspirou outras tiradas profundas, que eu copiava impaciente, desejando que ela voltasse logo à brutalidade da superfície em vez de voar naquela profundidade vazia, mas era como se ela agora tivesse medo da própria voz, medo de avançar no túnel em que se metera, e me senti tentada a conduzi-la, mesmo a interrogá-la, quem sabe, mas não foi preciso. *Como você pode estar à altura de você mesma quando, dando dois passos em direção a um corredor escuro vê o que um milhão de pessoas de todas as raças, credos, etnias, nações e camadas sociais, gente de alta extração e de baixa extração, vê o que todos já devem ter visto, cada uma delas com um tipo diferente de sofrimento? Eu tinha apenas 28 anos e a paixão que vivi pelo meu marido só era empanada pelo fato de que não engravidava, como ele queria, como nós queríamos.* Senti um frio no estômago — de novo, aquela era eu. Estava diante de uma sortista, delirei. Senti a respiração ofegante da mulher e temi que ela interrompesse o trabalho para continuar outro dia. Ela inclinou-se em direção às folhas, e a mão dela tocou minha mão num gesto arisco de afeto·

— Onde paramos, menina?

Reli a última frase, e dona Dolores reanimou-se:

— Ah, ótimo. Ficou bom. A parte que vem agora é difícil. Preparada?

Fiz que sim, caneta em riste, olhos na linha em branco do papel almaço.

— Eram dois cachorros! Desse jeito — e agora dona Dolores falava gesticulando, como quem descreve aos amigos, na mesa de um bar, uma cena vívida, frisando cada palavra com a força do horror, da dupla vergonha, de ver e de contar, e também com um fio residual de heroísmo, veja só o que eu passei, *ela de joelhos no chão, diante da cama, os braços estendidos para a frente*, e como demonstração estendeu os braços sobre a mesa como numa sessão espírita, *a cabeça meio erguida para o outro lado, e por isso ela não me viu, mas gania, ela gania, e atrás, e atrás* — dona Dolores sentia pudores de dizer a coisa em si, resistia a chegar às palavras, habitante de um tempo em que tudo era metáfora — *aquela, aquela bunda arrebitada, desculpe a palavra, mas é isso mesmo, aquela bunda branca redonda para o alto, e indo e voltando eu via a bunda do meu marido, de calças arriadas, também de joelhos, e também ele gania. Como eu disse: dois cachorros. O prazer que eles...*

Meu desejo nervoso de rir daquela descrição grotesca acabou sendo engolido por uma comoção angustiante, o ridículo que dói — e, como se dona Dolores adivinhasse, senti mais uma vez o toque quase delicado da mão na minha mão, o sinal de que agora não era para copiar:

— É óbvio, eu sei: aquela cena não foi feita para ser vista. Nem para ser contada. Para nada. *O prazer que eles...* — e aqui a mulher empacava, alguém durante cinquenta anos revivendo uma cena supostamente incompreensível, e, por isso, sua vida terminava ali. — *O prazer que eles...* — e ela repetiu três, quatro vezes, a sintaxe inconclusa.

Silêncio. E em um minuto, dona Dolores recuperou a pose e retomou, numa espécie de tranco de cabeça e ombros, a narrativa de sua vida. *Eu saí de lá como cheguei*, em silêncio, e de fato não fez escândalo nenhum, nem no momento, nem depois, nem nunca. Apenas transformou a tragédia numa melancolia discreta, que seria entendida pelos outros como a tristeza de não ter filhos. *Nunca mais eu seria a mesma*, e ela ficou satisfeita com o achado de seu lugar-comum, conferindo a minha cópia. Ficou feliz quando a amiga se casou com alguém no Rio de Janeiro, *um sujeitinho que ela conheceu em 30 dias*, e depois de dois ou três cartões, dela jamais teve outra notícia. Acabaria por aí meu trabalho? Não — súbito, ouvi: *Mas planejei matar meu marido. Não era só uma questão de dignidade que estava em jogo — se fosse apenas isso, bastava pedir o desquite e resolvia-se o problema. Quer dizer, resolvia-se o problema dele, lépido e faceiro, mas não o meu, mulher arruinada pelo mau casamento, naquele tempo em que um desquite era uma sentença de morte, e principalmente pela provável falta de herança, tataraneta de uma geração de nobres dos quais não sobrou nem o brasão para colocar na parede. Eu deveria matá-lo, e foi o que fiz. Livrava-me da vergonha de rever aquele cachorro todos os dias, e ao mesmo tempo levava-lhe o baú de regalias da carreira militar, que usufruo até hoje. São os despojos da minha guerra do Paraguai* — e aqui ela riu pela primeira vez, um riso tímido, preso, envergonhado, mas iniludivelmente feliz. A mão voltou a me tocar, agora com uma faceirice adolescente, espichando um olho maroto:

— Você escreveu *mesmo* isso aí?

E riu alto, escondendo a boca. Em seguida, voltaram as filosofadas — *Sim, aquele era um projeto à altura da minha vida, e a ele me entreguei de corpo e alma.* Enquanto ela desfiava seu altruísmo avesso, minha mão começou a tremer, como se eu enfim acordasse do transe: eu estava ouvindo, e transcrevendo, uma confissão de assassinato. Eu poderia parar por ali — aquela era uma situação absurda, às ordens de uma velha louca, e de graça; começava mal minha nova carreira. Mas ao desejo de me erguer dali se contrapunha teimosa a imagem do meu ex-marido, que parecia me propor a tentação de um enredo semelhante; eu não podia deixar de ouvir dona Dolores até o fim. Comecei a ficar impaciente com a fieira de justificativas que ela ia acrescentando à própria história, como quem estraga uma boa narração com a desgraça das boas intenções. *Sim, uma mulher deve saber fazer seu caminho, e eu fiz o meu. Não me arrependo de nada; e o fato de ninguém jamais ter descoberto coisa alguma, nem sequer meu próprio marido, que morreu me amando* — e aqui dona Dolores sorriu, sonhadora — *é a prova definitiva e incontestável* — ela parecia se dirigir a um tribunal imaginário, advogada apaixonada de si mesma — *de que a mão da Providência me guiou.*

— Vamos tomar um chá?

Era uma senhora quase saltitante que se levantou diante de mim, desapareceu no corredor escuro e voltou pouco tempo depois com uma bandeja de prata e os apetrechos do chá. Para não pensar, e principalmente para não tomar decisão nenhuma, fiquei relendo o que havia escrito e corrigindo uma que outra vírgula; eram várias páginas cheias, praticamente sem parágrafos, como o texto de uma escritura de fé pública.

Súbito me vi eu mesma diante do mesmo Tribunal, defendendo-me de algum *crime de ocultação de cadáver*, uma expressão absurda que me ocorreu, memória de um enlatado de televisão de dois dias antes, e então eu diria, também com nitidez e paixão, *meus senhores, aquilo era literatura; eu jamais poderia imaginar*, sim, mas imaginei; mais que isso, *acreditei*. E mais, pior ainda — *eu queria imitá-la*.

— Veneno era o melhor caminho — ela prosseguiu, já impaciente pela interrupção, depois de dois goles do chá que não voltaria a tocar. *Não poderia jamais consultar ninguém, o que deixaria rastro, as pessoas parece que vão grudando na gente ao longo da vida, só por acaso nos livramos delas, e o meu crime teria de ser perfeito, ou ele sairia ganhando no final. O bom do meu plano é que ele me livrava da ansiedade diária, da sensação de vômito ao sabê-lo com outras mulheres, e houve muitas nos quatro anos seguintes, o tempo que ele levou para morrer. Frequentei bibliotecas, e até mesmo consultei tratados de medicina da própria doutora Lívia, que ficaram para trás em caixotes de mudança, tínhamos sido unha e carne, e eu aprendi a dosar as pitadas mais ou menos homeopáticas que foram inapelavelmente arruinando o estômago, o coração, os intestinos, o pulmão, o esôfago, a garganta, a alma do meu marido, coitado, zanzando de má vontade, "isso não é nada", de médico a médico, depois melhorava, voltava a ficar ruim, e um dia simplesmente morreu. Uma tragédia. Um tipo desconhecido de vírus, disseram, algo como hoje esse tal de rotavírus, coisas assim, nomes que a medicina dá ao que não entende.* Uma longa pausa. Dona Dolores parecia triste. *Chorei muito no seu enterro.*

O homem morreu na tarde do dia 24 de dezembro de 1954, o que foi muito conveniente; do legista às juntas médicas, todos já estavam cheios daquele prontuário insolúvel de um homem desagradável fantasiando dores, na verdade ninguém gostava do coronel metido a Casanova, tanto mais desprezível quanto mais apertava o estômago sentindo aquela azia cacete, e além disso o Natal na porta — e com uma última sentença ela parou subitamente de falar, dando um suspiro demorado: *E o caso está encerrado para sempre.* Então dona Dolores olhou direto nos meus olhos, já com uma sombra de estranheza agora, uma ponta distante e crescente de desconfiança que ela ainda procurou ocultar, o sorriso falso se armando nos lábios pequenos enquanto a mão recolhia cuidadosa as folhas da minha frente, como se eu pudesse roubá-las, sem descolar os olhos dos meus olhos.

— Quer mais chá?

Era, de novo, o mesmo tom seco de quem dá ordens. Enquanto eu me servia do chá morno, as mãos trêmulas de dona Dolores investigavam o que eu havia escrito. Colocou apressada os óculos de leitura e conferiu aqui e ali, rapidamente; parecia satisfeita. Ajeitou as páginas da confissão como quem bate na mesa um maço de folhas para colocar na impressora, e decidiu:

— Preciso pagar você.

Levou a confissão abraçada contra o peito e voltou com uma caixinha marchetada de madeira, de onde tirou algumas cédulas verdes presas com uma borrachinha.

— Isso é a aplicação que fiz com parte do que ficou do meu marido. É sempre bom ter dinheiro vivo.

Separou do maço uma, duas, três, quatro, cinco notas, dedos trêmulos.

— Quinhentos dólares. Isso são dólares — ela explicou, como quem dá aula a uma criança idiota. — Valem muito.

Fiquei imóvel, sem pensar. A luz do abajur cortava-lhe a cabeça fora; do escuro veio só a voz:

— Está bem. — Tirou mais cinco notas, a oferta final: — Mil dólares!

Colocou as notas diante de mim — súbito, éramos inimigas mortais —, fechou a caixa e levou-a para longe, sumindo no corredor, com os passos duros de alguém que se ofende. Passou pela minha cabeça a ideia de que eu poderia permanecer sentada ali por muito tempo, e ela continuaria empilhando notas na minha mão, até me reduzir finalmente ao silêncio consentido.

Ela estava me comprando, mais do que pagando pelo serviço, cheguei a pensar por meio segundo. Sempre fui uma mulher de percepção lenta. Ajeitei as notas do mesmo modo que ela ajeitou as folhas, batendo de leve na mesa até que todas tivessem a mesma altura e a mesma largura. Senti o cheiro de dinheiro. Dobrei o maço e guardei-o na bolsa, já ouvindo aquele desespero de chaves tentando abrir várias vezes a porta de saída até que finalmente ela se abrisse, com um suspiro duplo de alívio; passei por dona Dolores e senti a brisa fria do corredor.

AMOR E CONVENIÊNCIA

Beijou sua mão, pretendendo levantar-se; mas assim como nos sonhos, em que do mais insólito surge algo ainda mais insólito, a os surpreender, assim também, sem saber como, tinha ele em seus braços a condessa, cujos lábios tocavam os seus, e os beijos ardentes que trocavam despertavam neles uma felicidade só possível de ser sorvida com a primeira e efervescente espuma do recente e repleto cálice do amor. Beatriz fechou o livro — *As aventuras de Wilhelm Meister*, de Goethe — e fechou os olhos, tentando separar o sentimento difuso que vivia desde que se divorciou do marido, daquela evocação tranquila de amor que ela lia, de um século em que a própria noção moderna de família não estava ainda constituída e a nobreza vivia num limbo de liberdade; a traição, Beatriz intrigava-se, como quem assiste a uma boa aula, era uma das faces dessa liberdade, parte inextricável, e mesmo tranquila, do jogo social. Já o sentimento difuso não se submete a aulas, e ela sorriu da própria conclusão, à espera de que o interfone tocasse. Estava há muito tempo sentindo falta de afeto — não é exatamente sexo, ela se viu pensando, embora também seja isso, admitiu — e as eventuais sessões de autocarícia (ela implicava com a palavra *masturbação*, que lhe lembrava absurdamente uma aula de latim, turbar com a mão, *turbare*, mas é claro que isso era uma desculpa, ela mesma contrapunha) acabavam sempre angustiando-a. Não é bem uma questão religiosa, Beatriz argumentava; ninguém nunca foi muito católico na minha família naquele tempo em que o Brasil inteiro ainda era católico — o pai uma vez lhe disse que a presença de um protestante na sala de aula numa turma da terceira série causou um certo *frisson* entre os colegas, como se vivêssemos em plena Reforma —, é uma questão de *naturalidade*, ela chegou a pensar, sabendo que não, é claro, é óbvio que é uma questão cultural, o problema é que eu não sou nórdica (e no mesmo momento ponderou se essa imagem-padrão correspondia de fato aos nórdicos *reais*), mas voltou imediatamente ao livro para não se perder naquele muro explicativo de defesas e aguardar tranquila o interfone que, ela sabia, iria tocar com a pontualidade de um relógio suíço, e Beatriz pensou na Suíça — quem sabe morar na Suíça? E sorriu da ideia, divagando, o país mais sem graça do mundo, imaginou-se dizendo, e fechou enfim o livro. Faltavam sete minutos para tocar o interfone, ela conferiu no seu reloginho com a pulseira de ouro e súbito mergulhou no recorrente sentimento de inadequação que andava vivendo nos últimos tempos — para que usar esse relógio que foi da minha mãe? É uma forma *inadequada*, ela tentou explicar enquanto tirava o relógio do pulso, deixando-o na mesinha, sobre o livro, ou *antiquada*, corrigiu-se. Sem marcar hora esta noite. Eu teria de estar de longo para que este relógio fizesse sentido, e ela foi de novo ao espelho do quarto, e pareceu-lhe agora que a cor vermelha do seu vestido era um pedido de socorro, o que a levou a rir — quase como alguém que vai contar essa piada a ele, só para quebrar o gelo. Gelo: o vestido verde era frio demais, distante demais; o branco, juvenil demais; o negro, formal demais (se ainda tivesse outro desenho, essa manga tão... não sei); o bege, indiferente; o azul, muito... não sei, muito Cinderela. Eu não gosto do azul. É esse mesmo, o vermelho, concluiu Beatriz, que amava as cores básicas, *espartana e classuda*, como alguém lhe disse, e ela nunca soube exatamente se era uma acusação ou um elogio — e em contraponto sempre se lembrava da roupa da rainha da Inglaterra como o verdadeiro horror do Império, aqueles estampados indefinidos e gritantes que não servem nem para forrar sofá. Sim, estou bonita, decidiu. E depois, antecipou-se, cuidadosa, é apenas um reencontro praticamente de infância, e ela desejou que não faltassem tão poucos minutos — quantos? três, conferiu na parede da cozinha — para que tivesse tempo de rever o encontro mais uma vez, ponto a ponto, e concluir de fato o que aconteceu.

Um encontro de livraria, o que diz muito, valorizou Beatriz, como diante de alguém que fizesse pouco de seu amigo — na verdade colega, ex-colega, talvez a pessoa mais elegante que ela jamais conheceu na vida de perto, mas isso certamente é exagero — não, é isso mesmo, em Curitiba, não sei, parece que se vive entre camponeses, um príncipe é coisa rara. Uma empatia instantânea, o que dava à lembrança difusa de sete ou oito anos antes uma nova revelação, uma nitidez inesperada. "Você não é a Beatriz!? Sim, é claro que é a Beatriz", e ela se lembrou imediatamente do famoso gênio das línguas, alemão, italiano, francês, e, é claro, inglês, que se formou com ela mas sem participar da cerimônia oficial porque ele sempre tinha compromissos demais em toda parte, só por acaso passou cinco anos em Curitiba, o pai era o que mesmo? Uma certa indiferença aristocrática pelo dia a dia da universidade, mas sempre gentil — uma vez fizeram juntos um trabalho de teoria da literatura, uma das raras vezes, a única, na verdade, em que Beatriz não fez de fato o trabalho sozinha, como costumava acontecer. Do que ela não reclamava — era apenas mais prático. Com ele não, ele de fato tinha cabeça e iniciativa (lembrou: era um trabalho sobre o pré-modernismo brasileiro, sobre Monteiro Lobato e Lima Barreto), ainda que não exatamente paixão, isto é, o desejo de defender ardorosa e sinceramente alguma ideia, que em geral é a marca das pessoas interessantes; é como se, aos 23 anos, ele já tivesse 57, no bom sentido, Beatriz se corrigiu — ele parecia saber tudo sobre pré-modernismo, uma sólida relação de fatos e leituras. Mas depois nunca mais se viram — ela, porque casou em seguida e abandonou as letras; ele, porque saiu da cidade. Um homem razoavelmente bonito, daqueles que vão ficando mais bonitos à medida que você vai prestando mais atenção, Beatriz se imagina contando a alguém, para defini-lo; não a beleza simples, apenas fotográfica; era no gestual, talvez, no tom de voz, no discreto movimento dos braços, na altura (em torno de um e oitenta), que estava o segredo dele; alguém que usa terno quase que no dia a dia e você não percebe, de tão bem-cortados que são, mas também isso não diz muito. Talvez *príncipe* seja uma boa definição, na sua simplicidade de infância — homens com aura, essa raridade, ela fantasiou, os olhos no relógio e em seguida varrendo em torno, atrás de alguma falha de cenário e ao mesmo tempo se policiando contra a própria falta de naturalidade, mas o que está acontecendo comigo? Seja simples, ela disse em voz alta. Lembre-se de Madame Bovary, e ela achou graça da comparação — é só a felicidade do encontro, desculpou-se. Talvez eu — mas a ideia do que ia dizer (por que mesmo eu gostaria de ter uma irmã?) se perdeu com a porta do elevador de anos atrás se abrindo na fenda da memória e seu príncipe saindo com Renata — era ela, sim, a peituda simpática — ambos rindo, e Beatriz teve a nítida sensação de que desfizeram as mãos dadas em público assim que o elevador se abriu, e o riso de ambos, alguma coisa secreta que trocaram entre si antes de entrar na sala de aula como que ficou horas na sua cabeça e, mais que isso, anos, porque se lembrava disso ainda agora, sete? oito? anos depois. Beatriz ficou ridiculamente com ciúme, mas tratou de sacudir a lembrança da cabeça, até porque, ela fechou os olhos para relembrar o detalhe (por que insistia nisso?) de que ele se separou de Renata assim que entraram na sala e deu um jeito de sentar justamente no seu lado ainda com um pedaço de sorriso pendurado no rosto, a memória do que disseram no elevador, quem sabe. Por onde andará Renata? Mas esqueceu a pergunta, porque a campainha tocou, ela conferiu no relógio da cozinha — sete horas, um minuto — e avançou vagarosamente para abrir a porta, tomada de um surto inesperado de timidez que a desconcertou, e ali estava ele diante dela, belo e sorridente, braços abertos, uma garrafa de vinho na mão erguida, como sempre elegante, camiseta cinza combinando o casaco esporte fino, e Beatriz detestou-se de vermelho, *eu vou trocar*, o que a tranquilizou momentaneamente pensando em dizer em seguida aos beijinhos *eu nem estou pronta ainda, você pontual como sempre*, com um jeito caseiro de "sinta-se em casa", mas, felizmente (ela suspiraria depois ao relembrar) não teve tempo porque ele afinal assumia o comando, já em casa, *como deve ser comigo*, ela concedeu, ou eu me perco.

— Passei no Mercado Municipal à tarde e comprei um vinho. Parece bom, Beatriz, e ele franziu a testa relendo o rótulo, até depositar a garrafa na mesinha, um gesto que Beatriz viu com uma sensação poderosa de *dejà-vu*, todos me trazem vinho, mas não teve tempo de mais nada, dizendo de um impulso só *Espere um minutinho, fique à vontade* e enquanto ela arrancava seu vestido vermelho para colocar o bege, já mais tranquila, *que coisa ridícula, uma mulher de 28 anos e* — e se viu bonita ao espelho, sem pensar mais a respeito, desviando a cabeça para a sala e imaginando o que o — e sentiu gelar a alma, o frio no estômago, o nome dele, como lhe escapava tão brutalmente assim da cabeça, Rodrigo, não, não é Rodrigo, o nome virá, não fique nervosa, o que ele estará fazendo sozinho na sala, olhando os quadros, investigando a cozinha, sentando talvez no sofá e pegando o Wilhelm Meister (e essa imagem a deixou feliz), *sim, ficou bom*, conferiu mais uma vez, uma coisa discreta, uma roupa em que eu desapareça para poder olhar melhor, como o lobo do Chapeuzinho, *é para te ver melhor*, e ela sorriu, e antes de voltar lembrou-se de tirar o vestido vermelho da cama e atafulhá-lo em dois golpes numa gaveta, sei lá se ele não vai querer conhecer o apartamento, *ou mesmo vir aqui* (imaginou-o tirando o paletó vagarosamente para encaixá-lo cuidadoso no espaldar da cadeira como se), e voltou ao corredor sorrindo com a imagem, o que ele percebeu, virando-se da janela, era a cidade que ele contemplava dali, mas mudou de assunto, pegando o Wilhelm Meister da mesinha, franzindo a testa —

— É boa a tradução? Mas você lê alemão, não? Eu lembro que —

— Faz tempo, já esqueci quase tudo — e quase ela diz Rodrigo, o bloqueio absurdo insistindo em lhe recusar um nome que ela durante o dia repetiu vívido trezentas vezes na cabeça. — Mas lembro de nossas sessões no Instituto Goethe — e ele sorriu com a lembrança dela, emendando-a:

— Sim! E lembra dos esquetes de Karl Valentin? Aquilo era muito engraçado — e como prova, ele imita o cumprimento nazista, braço esticado: *Heil!* e a mão se recolhe, insegura, coçando a cabeça, *Como é mesmo o nome dele?!* — e ambos disparam na gargalhada, *aquele ator era maravilhoso*, ela diz, *o Ariel Coelho, lembra dele?*, imaginando que talvez (não, é impossível) ele tenha percebido seu esquecimento.

— Você quer abrir o vinho agora?! — e ela pegou a garrafa assim que o riso se esgotou. — Talvez —

— Não, melhor depois do jantar. — E continuou tomando a iniciativa: — Eu estava pensando, Beatriz, num daqueles restaurantes de frutos do mar, da Mateus Leme. Faz tanto tempo que não venho a Curitiba!

Sim, era uma boa ideia, ela concordou, com alívio, como se a vida agora ganhasse um rumo seguro, e ele continuava de pé, como ela. Voltou a olhar pela janela, ele estava realmente se sentindo em casa, um amigo familiar, alguém subitamente próximo, *Como cresceu essa cidade nos últimos anos*, ele disse, mais para preencher aquele minuto de silêncio, Beatriz imaginou, e ele prosseguiu, olhos fixos na janela, *Você mora sozinha aqui*, o que era mais uma afirmação, alguém que apenas avalia uma informação básica, ela continuou imaginando, e ele virou-se súbito:

— Você casou, Beatriz? Desculpe, eu...

Ela sorriu:

— Tudo bem. Acho que você chegou a conhecer o Augusto no último ano de curso, não? Bem, não durou muito. Duas grandes alegrias na minha vida: casar e me separar! — e ela riu alto um riso que ele acompanhou. Quase perguntou *E você?*, mas ficou quieta; ele enfim olhou mais detidamente para ela, pondo as mãos delicadamente nos seus ombros, como quem avalia de perto uma mercadoria, ela fantasiou, aventando por um décimo de segundo a hipótese de um beijo súbito, ao qual ela com prazer se entregaria (Beatriz imaginou-se contando a alguém), que homem bonito, alguma coisa muito boa poderia começar ali, não é só nos filmes, mas ele apenas disse *Como você está elegante*, e ela disse *Imagine, você que é gentil*, e para que ele não prolongasse aquilo, outro surto de timidez, *Vamos então? Sei de um restaurante ótimo*, e quase acrescentou *Depois bebemos esse vinho e conversamos*, pensando — ele planeja voltar aqui, ele tem um plano — e a imagem de Renata voltou à sua cabeça, uma mulher bonita e exuberante, por onde andará?, pensou em perguntar, diante do elevador em outro minuto de silêncio, *ele é tímido — provoque-o, ou a noite será realmente sombria*. Ela abriu a boca — *A Renata* — mas não chegou a falar, porque o elevador se abriu com quatro vizinhos que balbuciaram cumprimentos, exceto o mais magro, entretido em conferir alguma coisa no celular, o queixo afundado no peito.

— Esqueci o celular, ela sussurrou quase aflita ao amigo ainda desgraçadamente sem nome, que sorriu: *E precisa celular?*, o que provocou a simpatia compreensiva, quase cúmplice, de dois dos companheiros de elevador que enfim chegou ao térreo, *ora eles vão mesmo namorar, para que celular?*, teriam dito se falassem, ela imaginou, um devaneio confuso (o nome dele, meu Deus, o nome dele). Na calçada, ele abriu a porta do carro para Beatriz, gentil à moda antiga mas de um jeito natural, ela notou, os gestos como que nasceram com os braços dele, ela escreveu mentalmente.

— Eu aluguei um carro para esses quatro dias, ele explicou, dando a partida. — É mais prático.

Em seguida, ocuparam o tempo com nomes de ruas, endereços, contramãos, o melhor caminho, *eu não lembro mais nada*, ele disse, e ela achava que subir pela Brigadeiro Franco seria o melhor, no que foi obedecida; enquanto ela calculava as esquinas a dobrar (Tem de virar à direita no sinaleiro e depois pegar a Duque de Caxias), ele voltava às sutilezas do inquérito — *Mas os seus pais faleceram...* —

— Sim.

Ela não queria falar disso: voltava-lhe sempre a imagem dura e irredimível daquele dia, a notícia brutal do acidente e a vida como que cortada pelo meio. Foi por isso que eu casei, ela quase disse, lembrando, como num filme, o braço de Augusto em torno de seus ombros, a cabeça afundada pelo choro, já sem soluços nem golpes de alma, apenas um limbo, *sim, eu caí num limbo,* ela chegou a dizer a ele, mas ao mesmo tempo reagiu à entrega. O doce lugar-comum:

— A vida continua.

Ele balançou a cabeça, sério. Ela sorriu, sussurrando de novo: a vida continua. *É na próxima esquina, à esquerda,* ela disse agora em voz alta, o dedo apontando à frente, pensando em assumir o comando da conversa, fazer ela as perguntas, mas ele não deu tempo.

— Mas você casou depois de terminado o curso, não? Eu lembro que — e ela imaginou-se perguntando de Renata, mas haveria tempo para isso. Nenhuma aliança nos dedos de ninguém, ela conferiu, o que não quer dizer mais nada. *Por que ele me convidou?*

— Sim, sim, com a morte dos meus pais, eu... é aquela esquina ali. Você veio a negócios a Curitiba? — e se arrependeu, como se deixasse claro de um golpe do que não queria falar. E ele, é claro, continuou gentil, como se agradecesse a ela a dica de que a conversa mudasse de rumo. Tinha deixado um apartamento em Curitiba, agora sem função, que ele estava vendendo — a mãe acompanhara sua viagem a Brasília, e se adaptou bem lá. *Eu não volto mais para aquele frio*, ele imitou a voz da mãe, com um sorriso simpático, mas o tom tinha um toque agressivo, *uma cidade gelada*, ele frisou, rindo, e, enfim, não ficou nada em Curitiba do tempo que viveram aqui, ele explicou. A imobiliária me contatou, eu aproveitei esses dias de folga para resolver a papelada. Os detalhes de família agora eram dele: sim, o pai morreu dormindo, de um ataque de coração, cinco anos atrás; a irmã (lembra dela? fez Antropologia, depois doutorado na França) casou-se e vive no Canadá. Sim, a mãe está bem em Brasília, tem uma boa roda de amigas e sempre viaja com ele, quando possível.

— É logo ali — ela disse, e a conversa agora entrou no campo gastronômico, e súbito Beatriz se viu dizendo que a fama da cidade nessa área era falsa, *você tem de escolher bem ou cai nesses restaurantes para ônibus de turistas* e no mesmo instante, num lapso, sentiu-se condenada à província, alguém que não viaja mais, que se encastela no apartamento e na satisfação da sobrevivência miúda e segura, dinheiro rendendo o necessário, aulas e revisões, como se fosse uma graduanda dez anos mais nova e —

— Será que pedimos vinho? O que você acha? — e ele olhou em torno, gostando do restaurante, simples e agradável, não completamente vazio nem completamente cheio, *bela scelta, grazie, Beatrice*, e ambos riram agora lembrando da aula de italiano, aquela professora inacreditável que distribuía as notas em papeizinhos individuais, *só abram as notas em casa!* Todos tiravam dez.

E ele, ainda sem nome, depositou a mão sobre a mão de Beatriz que descansava na mesa, suavemente, como um amigo, olhos nos olhos:

— Que bom estar aqui com você, Beatriz.

— Igualmente! (*Vinícius? Não.*)

Vinho em restaurante é sempre um risco, ele disse, analisando a carta — acabou por sugerir um branco *inofensivo*, ele frisou, e ela aceitou imediatamente. *Você vai dirigir*, ela quase advertiu (disfarçaria a reprimenda com um sorriso), mas calou-se. Decidiu que não iria beber muito — havia alguma coisa a descobrir nesse seu amigo desenterrado, e ela precisava de toda a lucidez. Assim que o garçom se afastou, aconteceu um silêncio tímido, que desabou sobre a mesa por alguns longos segundos, e ele respirou fundo — *ele vai me pedir em casamento*, ela delirou, e quase explode uma gargalhada, como para liberar aquele mal-estar aprisionado, como se a presença dele agora na sua vida tivesse a função apenas de demonstrar como ela estava sendo minuciosamente destruída pela rotina. Mas ele logo retomou o leme da conversa, aproveitando o gancho dos peixes e dos vinhos, até dizer que a pizza napolitana que ele comeu em Nápoles era pior que a dos restaurantes italianos de São Paulo, e que o quibe brasileiro é muito mais saboroso que o que você come no Oriente. Não é nacionalismo bairrista, ele se defendeu — é verdade mesmo. A mistura brasileira chegou também à culinária, o que lhe dá um *tchan* diferente e original. E então, por uma sequência de observações casuais sobre coisas diferentes, o assunto desembarcou nela mesma, Beatriz, *sim, você*, e ele riu, *você tem algum plano?* — e ela ficou pensando séria naquele "plano", sem atinar o sentido, uma ponta de angústia no estômago, *ele está insatisfeito comigo*, ela concluiu, absurda, *eu sou uma caipira*, e lutou imediatamente contra a autopiedade, os homens sentem a autopiedade pelo faro e se afastam correndo, e ela quase riu de novo feito uma louca — *e eu ainda não me lembrei do nome dele, Rodrigo, Vinícius, Lírio?!*

O jantar foi suave. Ela disse que vivia de aulas, revisões de textos e alguma renda, o que não era mentira, e ele parou por um instante de fuçar em sua biografia, contemplando-a como quem avalia um vaso raro na vitrine, um esboço de satisfação no rosto, *eu vou comprar esse vaso*, ele parecia dizer; ainda lembrou de perguntar se ela via o Augusto com frequência — *é Augusto o nome dele, não?*, ele perguntou, inseguro —, e ela disse que preferia morrer a vê-lo de novo, e ambos riram; e ela se corrigiu (mentalmente abrindo de novo aquela mesma porta de quatro anos antes, o cromo da traição nítido diante de seus olhos), dizendo que era só uma metáfora, que a separação foi até cordial, ou *quase* cordial, e ela sorriu.

— Entendi.

E então ele falou de si mesmo, ou da carreira, didaticamente, como quem obedece à pauta de uma reunião — como começou como terceiro secretário e como hoje era conselheiro, em vias de se tornar ministro, ou "ministro de segunda classe", e ele riu, dando uma entonação engraçada de desprezo ao "segunda classe", o que foi também um modo sutil de desfazer o autoelogio implícito de sua ascensão; contou das viagens, das melhores e das piores, mas que afinal tudo era aprendizado, em Paris e na Somália, de certa forma os diplomatas vivem em redomas (as mãos imitaram a curvatura protetora do vidro), e os olhos dela cintilaram por alguns segundos; mas Beatriz não se permitiu a fantasia óbvia de se imaginar com ele viajando pelo mundo. Um homem sólido, ela concluiu, alguém que domina o que faz e sabe o que quer — *e o desgraçado é bonito ainda por cima*, ela se imaginou contando às amigas. E bebia bem, ela notou — enquanto o primeiro copo de Beatriz não passava da metade, a garrafa foi se esvaziando, e ele pediu outra, o que a incomodou. Um homem que bebe demais com uma mulher ou é muito inseguro, o que ele (será *Vilares?!*) decididamente não é, ou — e ele ergueu mais uma taça:

— Vamos brindar de novo ao nosso encontro!

Ao sair do restaurante ele a conduziu com a mão suavemente no seu ombro, e mais uma vez abriu a porta do carro para ela — uma gentileza sempre discreta e natural, ela observou. Voltaram em silêncio, um silêncio mais denso do que tenso, Beatriz avaliou; ela percebeu que ele estava agitado, que o vinho fizera efeito e que ele estava prestes a dizer alguma coisa importante. Num momento a mão trocou a marcha e tocou na sua perna, um décimo de segundo, mas por acaso, ela concluiu. Ela pesou as consequências do fato de ele estar dirigindo quase bêbado e aventou algum perigo, mas ele — o maldito nome para sempre desaparecido no porão de sua memória — parecia bem cuidadoso. Ao passarem pelo Shopping Müller ele disse alguma coisa que Beatriz não entendeu, mas fez um ahn-ahn mecânico.

— Vou coar um café em casa — ela disse, interrogativa, e pousou a mão levemente no joelho dele, como que para quebrar uma eventual timidez. Imaginou-se contando a alguém que era menos um desejo e mais uma vontade de desvendar o mistério: o que ele quer?

— Coar um café!? Uma expressão engraçada — ele disse, mas para que ela não pensasse mal tocou em troca seu joelho com um carinho de um segundo.

Beatriz, feliz com o gesto, lembrou:

— Uma expressão que herdei da minha mãe.

— Eu prefiro o vinho — e deu um breve sorriso. — O café fica para depois — completou, agora sério, decididamente com uma sombra enigmática no rosto.

Subiram o elevador lado a lado, olhando os números acendendo e apagando. Ela abriu a porta com a chave e fez o gesto de que ele entrasse, e ele foi na frente, como se trocassem os papéis. O demorado silêncio (Beatriz fantasiou que ele a abraçaria apertado, não para beijá-la, mas para sussurrar algo muito importante que apenas ela deveria saber) só se quebrou com ele erguendo o vinho e as sobrancelhas, aflito:

— Você tem um saca-rolhas?

Ela brincou: ter, tenho, mas sempre é difícil achar quando preciso dele, o que foi desmentido já na primeira gaveta. Como se fruto de um ensaio, sentaram-se à mesinha, um diante do outro. Um manto de timidez desceu sobre ambos, e Beatriz defendeu-se dela, levantando-se — *vou botar a água pra ferver* — e enquanto cumpria a promessa imaginou se, talvez, não devesse ela mesma tomar a iniciativa, ao mesmo tempo lembrando da lenda de que jamais se deve dormir com um homem no primeiro encontro, o que lhe trouxe pontadas agudas de memória. *Mas ele não fez nada?!*, a amiga perguntaria no dia seguinte, duvidando. *Ele só bebeu muito, e rápido, o que me surpreendeu*, Beatriz diria — *alguém que se transforma em outra pessoa, como um lobisomem*, e ambas achariam graça da ideia. Ela aceitou só um dedo de vinho na taça, *o ideal seria um licor*, Beatriz quase disse, mas ficou calada, talvez ele interpretasse isso como coisa de tia, beber licor, e ele dando um gole atrás do outro, quase transtornado, ou quem sabe apenas alguém que toma coragem, usando o mais antigo e o mais eficiente dos métodos, que é encher a cara, e Beatriz sorriu da ideia, esperando que enfim a garrafa se esvaziasse.

— Tenho uma proposta! — ele disparou de repente, o volume de voz mais alto, e sua mão, pela segunda vez na noite, pousou sobre a dela, desta vez demorando-se ali.

Ela pensou em dizer: *indecorosa?*, mas guardou a brincadeira, à espera, porque o momento estava esvaziado de humor; era apenas um homem agitado de olhos bonitos, ela pensou, enquanto esperava. Ele respirou fundo, como se coletasse a última dose de coragem no ar, e perguntou:

— Você quer casar comigo?!

Nenhuma alegria na pergunta. Era quase uma afirmação que ele arrancava de si a fórceps, com dificuldade, um homem à beira de um desabamento, a voz sumida:

— Eu explico. Desculpe.

Ela sorriu nervosa, resistindo à tentação de brincar e incentivá-lo, como numa comédia romântica: vá em frente, garoto! Entregue-se de uma vez! Diga tudo! *E o que ele disse em seguida?*, a amiga perguntaria, agora ansiosa, porque Beatriz, com um sutil controle do ritmo da história, demoraria um pouco antes de detalhar o prosseguimento de uma das noites mais inverossímeis de sua vida, *o que apenas indica que eu sou mesmo*, ela iria se recriminar, *alguém fora do tempo, uma idiota sem percepção de sutilezas, e* —

— E o que ele disse?

— O que *eu* disse — Beatriz explicaria à amiga —, porque ele deu mais um gole e se calou. O estranho é que no silêncio permanecia aquela aura de gelo, a mão fria e o coração também, visivelmente; tive eu mesma de retomar o fio da meada:

— Casar comigo?! Desculpe, foi isso que você disse?

Estampei um sorriso neutro no rosto, Beatriz confessou à amiga. O *gelo* me incomodou. Uma outra pessoa diante de mim.

— Sim. É isso. É uma proposta.

Uma proposta de negócio, Beatriz suspeitou pela primeira vez, e o gelo desceu-lhe ao estômago. Mas ele disse bem assim, a amiga perguntou, uma "proposta"?

— Sim. Foi isso que ele disse: uma proposta. E recuou, frio, como quem não quer misturar nada à pureza comercial da proposta. A amiga tocou sua mão: *Espere, vou pegar um cigarro na gaveta. Uma proposta. Meu Deus, você me mata com essa história.*

Beatriz suspirou, à espera, olhando diretamente nos olhos dele, que agora se concentravam no resto de vinho, a garrafa quase vazia, a alma aflita escolhendo as palavras.

— Um casamento de conveniência, Beatriz. — Agora olhou para ela, quase em pânico: — Por favor, não responda agora. Só me ouça. Outro dia você me diz. Ou não diz nada.

A amiga, mão nos lábios — *que inacreditável!* —, começou a armar um riso nervoso.

— Assim: você será minha esposa oficial. Vamos para Brasília, e você continuará sua vida como quiser, com conforto. Vai viajar comigo para onde eu for. — Fez-se um silêncio curto. Ele prosseguiu: — Tenho muitas ambições no meu trabalho diplomático, e condições de realizá-las, Beatriz. Acho que você sabe disso, sem falsa modéstia. Mas preciso de uma esposa. Você é inteligente, bonita, preparada, culta. Eu posso te dar todas as condições para você desenvolver seu potencial e ser feliz. Você terá também inteira liberdade, sob uma única condição, essa sim, inegociável, de comum acordo, valendo para mim e para você: a discrição.

A amiga abriu a boca devagar, já sem sorrir: *E você? O que disse?*

Beatriz recuou devagar o corpo, erguendo levemente o queixo, o olhar duro sobre o ex-colega, ainda tentando processar aquele bloco compacto de informações que ele colocava de uma vez diante dela. Tateou uma pergunta — *Você...* — que morreu no caminho. Pensou em acrescentar, aflita, *eu gostaria de saber o que está acontecendo*, mas não disse. Ele não respondeu, sempre olhando o copo de vinho girando agora quente nas suas mãos suadas. Finalmente ergueu os olhos, que também endureceram:

— Podemos mesmo pensar em um prazo de validade. Três, cinco, dez anos. Se você quiser. Por mim, poderia ser para sempre. Nosso casamento seria nossa liberdade. — Ele fez uma pausa. Já transparecia na voz algum efeito do vinho, mas ainda sob controle. As palavras eram acompanhadas de um discreto gestual argumentativo: — Veja, o mundo mudou muito, para melhor, e minha opção não é mais, como nunca foi, tecnicamente, um impedimento profissional. Mas há certos limites ainda inegociáveis para o mundo da diplomacia, todo mundo sabe disso. É isso que eu preciso resolver. Quando eu vi você hoje, eu... e depois, conversando, eu achei que. Eu adoro você, Beatriz. Você... — e estendeu a mão para tocá-la, mas ela discretamente recolheu as mãos e cruzou os braços, o queixo espetado.

Ele não disse mais nada?! — a amiga perguntou.

Um minuto de silêncio. Enfim ele suspirou, levantou-se da cadeira, disfarçando o terrível mal-estar com gestos eficientes, uma certa máscara de executivo, o que deu um toque ridículo ao seu desespero secreto. Talvez ele exagerasse de propósito o efeito do vinho — perdeu brevemente o equilíbrio ao afastar a cadeira e se levantar. Em pé, esvaziou o resto da bebida num gole de bar, ajeitou uma gravata inexistente, a mão perdida tocando o pescoço, pigarreou, tirou do bolso um cartão e deixou-o sobre a mesinha, simulando displicência. Sempre sem olhar para Beatriz:

— Você não precisa responder agora. Por favor, não faça drama. Pense, com a cabeça fria.

Voltou-se súbito para trás, avançou até a porta da sala com três passos irregulares e desapareceu. Ela continuou imóvel, quase sem respirar, esperando o ruído do elevador, que chegou logo. Um nó difícil na garganta.

O que você fez?

Beatriz levantou-se, pegou pelo gargalo a garrafa vazia e girou o braço para arrebentá-la de um golpe contra a porta, mas o gesto interrompeu-se, como quem pensa melhor. A amiga riu com a imitação de Beatriz, que também riu, agora relaxada. *Não quebrei garrafa nenhuma.* Apenas a colocou de volta na mesa, pensando, o coração dando pancadas no peito, como se quisesse sair dali. *Meu coração não cabe em mim*, ela cantarolou. Enfim pegou o cartão e redescobriu o nome perdido: *Tito Lívio*. A amiga sorriu: *É um nome engraçado.* Beatriz pensou no historiador romano, pensou na razão de seu esquecimento (sempre há razões secretas para os lapsos, dizem) e enfim pensou no ex-colega Tito. Sentiu as próprias mãos geladas enquanto deu alguns passos até chegar à janela, que abriu totalmente, para ventilar a sala e a alma. Inclinou a cabeça para fora e sentiu uma brisa. Ao olhar para o lado, percebeu que a vidraça refletia uma constelação feérica das luzes da cidade, e, divertindo-se com a ideia, adivinhou no destaque geométrico e trêmulo as formas caprichosas da torre Eiffel.

UM DIA RUIM

Um dia ruim desde o começo, ela diria depois ao refazê-lo passo a passo ao policial gentil. Começou com uma falsa boa notícia — alguém lhe deixou na portaria uma dissertação de mestrado para ser revisada, e que ela desse um preço pelo serviço. Uma obra de engenharia, o texto e a correção, Beatriz diria azeda ao relembrar — tudo sobre concreto armado, e as frases eram vigas tortas e intermináveis. Para aproveitar o dia, tomou do lápis e começou a reescrever tudo, quebrando sentenças a golpes de pontos e vírgulas, colocando sujeitos onde não havia, ligando verbos a substantivos, plurais a plurais — ainda bem, lembrou, que aquilo estava impresso em espaço dois, com uma boa faixa de escape, a letra firme e redonda se espiralando miúda em colchetes aqui e ali, encaixes acolá, uma troca de adjetivo, uma concordância adiante, um adendo à margem. Já estava na página 27 quando ergueu o telefone para ouvir a voz do dono, um engenheiro apressado que foi direto ao assunto: Quanto custa? Ela deu o preço, o dobro que o normal, mas o texto exigia, frase a frase — o que talvez o engenheiro não percebesse é que ao fim de tudo ele seria Mestre, autor de um belo trabalho de cálculo sobre pedras, vergalhões, cimento e areia, mais a contrapartida do solo, tudo de modo que seres humanos letrados conseguiriam ler, mas Beatriz ficou inibida, como sempre, para proclamar as próprias qualidades, que afinal ele já devia saber pelos outros ou não teria deixado aquilo com ela. *Não, é muito caro.* Talvez sentindo que estava sendo rude, um homem tenso esmagado pela pós-graduação, de saco cheio do orientador e em pânico diante da banca que se aproximava, ele refez a frase: *Eu não posso pagar esse preço*, uma frase subitamente engraçada, como um filme dublado. Mas não quis conversa, aliás nem ela — *eu passo aí e pego de volta na portaria.*

— Tudo bem — e ela bateu o fone. As pessoas mal-amadas vão se tornando irremediavelmente mesquinhas, Beatriz pensou, rancorosa, entregando-se com algum prazer ao preconceito, sujeitinho pão-duro, idiota, o filho da mãe é engenheiro, essa revisão não tem preço; e restava-lhe agora um problema ético: já havia corrigido por conta própria 27 páginas — não podia cobrar, porque o bilhete do homem deixava claro que ligaria antes para saber do orçamento. Devolver com a parte corrigida para aquele jegue ver o que perdeu? Sentir a diferença entre um texto estropiado e um texto bem escrito, nítido, conciso, luminoso? Ou apagar tudo com a borracha, para que aquilo voltasse ao seu lugar no mundo, a escuridão intocada do texto ruim e de seus sentidos secretos e inescrutáveis, lá no fundo da caverna do que ele quis dizer? — ela escreveu mentalmente, vingativa, gostando da imagem. Chegou a pegar a borracha, mas desistiu, cristã — ele que ficasse com as 27 páginas corrigidas, e as duas horas e meia, de graça, e mais a graça de se ver melhor no próprio texto. Um tapa de luvas.

Mas isso foi só o começo, como o senhor sabe, e o policial sorriu. Mal saiu do banho, outro telefonema, este promissor. Um velho senhor de sotaque carregado (polaco? alemão? holandês?) praticamente a convocava a revisar sua obra — *A senhora tenha a certeza de que eu preciso muito!*, insistia o homem, arrastando os erres, dramático. Ao fundo, dava para ouvir um cachorro latindo, e ela teve um mau pressentimento, a que não deu atenção, ainda o resíduo do engenheiro na cabeça. O homem respirava mal, ela percebeu, talvez asmático. *É um trabalho de sociologia, história* — aqui ele acrescentou algo como "etnografia", "etografia", não deu para entender — *e antropologia*. Um sábio, ela pensou, um velho sábio perdido em Curitiba com uma obra monumental que *só precisa de uns retoques*, como o homem disse, repetindo três vezes, *uns retoques*, eu não domino bem o *vernáculo*, ele dizia, e ela matutou se ele saberia exatamente o sentido dessa palavra, no caso de ele ser estrangeiro, mas talvez não — quem sabe filho de estrangeiros. *Eu moro longe, mas eu pago o táxi para a senhora. Não estou bom de saúde. Eu pago tudo. Só preciso de uma boa leitura, e o quanto antes. A senhora está livre hoje? Eu pago o táxi*, o homem repetia, era um cidadão agitado, doente mas correto, ela avaliou, vou lá antes que ele morra, e ela riu sozinha desligando o telefone e tentando entender o caminho da roça, verdadeiramente o caminho da roça que ela foi anotando, *Sabe Almirante Tamandaré?*, e assim ela teria de pegar a Mateus Leme e daí em diante havia uma sequência difícil de referências — *o motorista de táxi conhece, não é complicado* —, tudo terminando no beco da Torta, na verdade uma estradinha de terra, passa um haras, *não é bem um haras, tem uns cavalinhos no campo*, e a velha nostalgia rural de todo brasileiro (e ela riu da ideia) tocou fundo na sua alma. Embarcou no táxi como quem tira umas férias, o mapa à mão. O motorista não disse nem sim nem não quando ela perguntou se ele sabia o rumo a tomar, apenas foi avançando lacônico e Beatriz enfim se tranquilizou. Passar uma tarde no campo. Aos poucos foi se sentindo como alguém que se transporta a uma outra dimensão do espaço, súbito em uma cidade desconhecida, uma Curitiba que nunca viu e que estava ali ao lado, *como eu sou ignorante*, ela pensou, *meu mundo começa na José de Alencar e termina na pracinha do Batel*, e agora estou aqui, o asfalto roto sem calçadas, cheio de curvas, pessoas, burros, carroças, tudo meio que devagar se atravancando, oficinas, barracos, pobreza, aquela sujeira gráfica de placas, postes, fios atravessados, *outdoors* coloridos com mulheraças gigantescas mostrando pernas maravilhosas, e ali no poste a tabuleta inverossímil *vende frango-se*, a seta vermelha com a tinta escorrida, e ela olhou o taxímetro com o canto dos olhos, tudo vai bem, *eu pago o táxi*, ela ainda ouvia a voz metálica do velho asmático, os erres ríspidos, e súbito o motorista para numa esquina, o vidro abrindo-se a uma passante:

— A senhora sabe onde é o beco da Torta?

A mulher se aproximou. *Ela tem cara de sortista*, Beatriz pensou. Antes de falar, conferiu a passageira no banco de trás, tentando adivinhar uma biografia completa, imaginou Beatriz — quem é, de onde vem, para onde vai.

— É logo adiante. Vocês vão no velho Rodolfo? Cuidado com o cachorro.

Não era exatamente um tom cordial, e a menção ao cachorro deu-lhe um frio na barriga, mas não teve tempo de se preocupar — outras duas ou três curvas e chegavam a um fim de caminho, mato cerrado adiante, e ela se surpreendeu agora ao contrário, *como é pequena essa cidade, acaba aqui*. O táxi parou diante de uma velha casa de madeira de cor indefinível, lambrequins desdentados numa varanda em ruínas, o telhado agudo, como se nevasse em Curitiba. Ela saiu do carro e no mesmo instante um cachorro enlouquecido jogou-se latindo contra a cerca alta de metal trançado, encimada por uma faixa densa de arame farpado — um cão furioso, insaciável, de uma agressividade limítrofe, um desespero antes da morte (ela pensaria depois, numa ilação absurda). *Mas quem abriu o portão?*, perguntou o policial gentil, na boa viagem de volta. O latido irritante tinha o poder de uma serra elétrica para suspender a vida — ela pagou o taxista tentando organizar a cabeça, mas os latidos não deixavam; esqueceu do recibo e esqueceu também de pedir que ele esperasse um minuto até ela se certificar de que o homem estaria mesmo em casa, sabe-se lá. Bastou sair do carro e avaliar num segundo aquela casa esquecida no fim do mundo, iluminada por um sol forte de começo de tarde, para o táxi sumir; assim que se voltou, o carro já virava a curva adiante numa nuvem de poeira. Viu-se completamente só diante do portão do que teria sido um espaço de garagem e que agora era uma quadra de mato mal aparado. O cachorro, incansável, latia e pulava diante de Beatriz, arremetendo furioso contra o portão. Paralisada, lembrou súbito que esquecera o celular (*ficou na mesa da sala, na hora em que fui pegar a bolsa, que desgraça*, ela contou aflita ao policial, como se o detalhe fosse importante), ao surgir a ideia de que deveria telefonar ao homem para lembrá-lo de que ela já estava plantada em frente da casa dele; o velho, quem sabe surdo, estaria tranquilo lendo um tratado de sociologia na cozinha, enquanto ferve água para o café com que vai recepcionar a revisora, completamente distraído, sem saber que ela estava ali suando frio diante daquele Cérbero feio como o pecado. Em torno, nada, e Beatriz irritou-se com o peso de mais uma burrice cometida, o velho que levasse a ela o livro a revisar, e não o contrário, mas, como sempre, agora é tarde. Resolveu bater palmas, o que era ridiculamente inútil, mas atiçou ainda mais a fera que agora uivava de ódio em seus saltos homicidas contra o portão. Beatriz já começava a desistir, antevendo a longa caminhada de volta até achar um táxi ou um ponto de ônibus, quando uma cabeça pequena, uma face descarnada, um halo de cabelos brancos, uma efígie pálida enfim apareceu à janela dos fundos para desaparecer em seguida, como um cuco. *Será que ele me viu?* O animal parou por alguns segundos, abanando o toco do rabo, à espera talvez de um chamado, que não veio, o que foi o argumento para voltar a latir sempre furioso, e enfim a porta da varanda se abriu — *Réss! Réss!* — gritava agora o homem magro de bermudas, meias e chinelos, a velha camiseta, os braços brancos e secos, ainda sem olhar para a visitante, ocupado integralmente com o cão, indócil também com ele. *Réss! — Será "Réss" mesmo o que ele diz? Ou Rex?*, Beatriz especulava, um pouco mais tranquila, *não perdi a viagem*, sonhou, sem dúvida era o homem do telefonema que agora avançava resoluto para o animal agarrando-lhe a coleira com a mão esquerda e ossuda e suspendendo-o como quem enforca; o cachorro gania, sem se acalmar, debaixo de uma sequência ininteligível de ordens em que só o "Réss" se entendia. Em vez de levá-lo a algum lugar e prendê-lo, como Beatriz queria que ele fizesse, o homem tirou do bolso uma chave e avançou ao portão — a mão direita, trêmula, tentava encaixar a chave no cadeado, enquanto o cachorro, a duras penas controlado pelo outro braço, contorcia-se no esforço demoníaco de livrar-se do velho, e em meio a gritos e latidos o portão enfim se abriu, com o cadeado indo ao chão. *Junta para mim*, ganiu o homem, arrastando o bicho dois passos para trás, que agora voltava a desejar Beatriz, tão próxima — e ela entrou no terreno e obedeceu, recolocando o cadeado no portão e fechando-o com um *clac!* Do que se arrependeu no mesmo instante, como explicou ao policial; agora ela estava sem rota de fuga. O homem arrastava o monstro até a porta, seguido por uma Beatriz vacilante que tentava adivinhar o passo seguinte, do homem e de Rex, ou Réss. A mão livre do velho tremia fazendo sinais irritadiços para que ela entrasse em casa enquanto mantinha o bicho seguro ao seu lado, e Beatriz olhava hipnotizada para aquela velha coleira que talvez se rompesse, firme nos dedos brancos do velho, *mas o que ele vai fazer, levar o cachorro para dentro de casa?* Não, ele abriu um espaço para que ela passasse, enquanto mantinha o sempre indócil Réss, ou Rex, no cabresto, e ela afinal subiu os dois degraus de madeira podre da varanda e praticamente correu para dentro. O homem entrou em seguida — era uma verdadeira operação de guerra, ela relembrava depois, recontando cada detalhe, o coração na boca, quando o policial gentil disse que ela já podia ficar calma, tudo bem, está tudo bem, foi como nos filmes ela disse mais uma vez, agora rindo um riso nervoso — *o velho não entrou em casa, ele foi se infiltrando no espaço mínimo que a porta mal aberta lhe dava, ainda bem que ele era magro*, o braço estendido para manter o monstro do lado de fora, até que o soltou no mundo, batendo a porta, enfim em segurança, e ambos escutaram o choque do animal arremetendo contra eles, o ganido interminável. Agora seguros do lado de dentro, o homem ainda foi à janela e gritou mais algumas coisas ao Réss, um tipo de código secreto que parecia alemão mas não era, ela calculou, mas também o Réss não entendia, porque continuava latindo. Enfim o senhor Rodolfo se voltou para Beatriz, ofegante — *muito ofegante*, ela explicou ao policial, *ele tinha a boca aberta, dava para ver um dente de prata logo atrás do canino*, mas isso ela não achou necessário dizer, ficou só a imagem fixa na memória, um dente de prata. — *Você é muito nova*, ele disse, e estendeu a mão ossuda que ela apertou com uma sensação ruim, também ela ofegante, não de cansaço, mas de terror. *Tenho problema com cachorros, pânico de infância, eu devia ter avisado antes*, e parecia que a sua vida inteira era uma sequência de *devias* que, se realizados, fariam dela outra pessoa, outro ser, outra existência; o fato é que não disse nada, corpo e alma mudos, e o homem, com uma sombra de desconfiança, perguntou se ela era italiana, ou alemã, o olhar escrutinador, e Beatriz meio que sorriu, *eu sou brasileira*, mas nem isso disse, porque mais uma vez o senhor Rodolfo não lhe deu tempo, puxando uma velha cadeira de palha e intimando-a a sentar diante daquela mesa surrada por onde teriam passado duas ou três gerações de almoços e jantas, Beatriz imaginou, fantasiando o momento para dele escapar, e olhou em torno, uma casa rústica que em algum momento do passado foi boa, agora à beira da ruína final, mas ainda sustentável, ou consertável, ela pensou, nas paredes algumas fotos antigas de família, uma meia dúzia de livros velhos e sem lombada, uma coleira velha pendurada num prego, uma antiga máquina de costura transformada em mesinha de canto, uma cristaleira de antiquário com taças e copos disparatados, tudo sob o fundo musical de Réss — *acho que é Réss mesmo, talvez Hess*, ela tentou adivinhar, sabe-se lá, e o velho desapareceu por um batente e de longe veio a voz, *vou levar um café e então conversamos*, o cão rosnando próximo, atrás da porta talvez, ela pressentiu, mas a voz do homem estava realmente esquisita, *ele parece doente*, e quando reapareceu segundos depois, sem o café, o rosto estava vermelho como a cabeça de um galo e a mão trêmula depositou um volume diante dela, *fique lendo enquanto trago o café, acho que preciso de um comprimido*, ele ainda disse.

— Você viu ele tomar o comprimido?, o policial perguntou, e ela disse que não, o que era verdade. Apenas abriu a pasta ensebada onde jazia uma pilha de folhas amarradas com barbante nos dois furos da margem esquerda e viu o título de letras falhadas marteladas por uma velha máquina de escrever, ela imaginou, a fita preta e vermelha quase sem tinta: PORQUÊ HITLER PERDEU A GUERRA DA PROPAGANDA, e ela sentiu um frio no estômago enquanto os olhos acompanhavam o enorme subtítulo em espaço um, *Estudo cientifico, moral, racial e sociológico dos acontecimentos mundiais da derrocada do "Terceiro Reich" que se seguiu no fim da SEGUNDA GRANDE GUERRA MUNDIAL onde o pôvo germânico perdeu o contrôle.*

Beatriz fechou os olhos, o suor brotando no pescoço — é o efeito retardado do estresse do portão, ela interpretou. *Só agora estou voltando ao normal.* Abriu os olhos e releu: era isso mesmo. Talvez o homem seja apenas analfabeto, ou simplesmente alguém da velha ortografia; não é uma questão de ideias. Abriu a página seguinte. *CAPÍTULO PRIMEIRO. Nuremberg: verdades e mentiras. Porquê o julgamento não refléte a verdade. O que aconteceu.*

— Eu tenho o Réss — o homem disse de repente lá na entrada do que seria a cozinha e Beatriz fechou instintivamente o livro, como alguém pego em flagrante — por causa da vizinhança. Já me roubaram muito aqui. Não estou bem — ele disse, exatamente no mesmo tom e no mesmo volume de voz, o tempo passado e o tempo presente como partes da mesma frase, e desapareceu.

Ela abriu de novo o volume ao acaso e viu aquela mancha em espaço um, uma datilografia compacta e praticamente sem divisão de parágrafos *o dinheiro judeu assossiado ao capital internacional* e abriu outra página mais para o fim *comandante das "SS"* e abriu outra página *raças misturadas no Brasil* e outra *PORQUÊ A VIOLÊNCIA SÓ TÊM SOLUÇÃO VIOLENTA — os motivos etológicos da decadência do Ocidente em dezasseis argumentos* e outra *O momento da solução* — e a voz súbita do velho de novo na porta como que despertou Réss, que latiu furioso e mais uma vez se lançou contra a porta fechada.

— Eu deixo o Réss solto porque se eu prendo ele eles me roubam. Eles pensam que eu sou indefeso, que eu sou um velho gagá, é o que eles dizem, esses vagabundos dizem que eu sou um velho gagá, aquelas crianças vêm ali na cerca, ficam zombando, e o Réss fica nervoso — a voz estava anormalmente alta, e Beatriz de novo fechou o livro, tentando resistir ao terror que começava a escancarar as portas de sua alma. — Mas eu tenho um modo de assustar eles, além do Réss, eu tenho medo que eles envenenem ele, e então eu pego a minha *luger*, está aqui — e sempre gritando, pela surdez um homem sem noção de volume de voz, ela imaginou, o velho avançou até o armário, abriu uma porta e depois uma gaveta, já de joelhos no chão; o velho inteiro tremia.

Beatriz levantou-se — *O senhor não precisa me mostrar, eu...* — mas ele se virou, aquela magreza frágil teimando em se manter em pé, o rosto inteiro congestionado agora, e Beatriz sentiu o vazio do pânico, o homem estava tendo algum ataque, não de fúria, embora a impressão fosse exatamente essa.

— Ele se ergueu assim, com o revólver na mão, o braço meio estendido, e o corpo começou a dobrar — e ela imitava o gesto, ela também tremendo e ainda sem controlar totalmente o choro.

— O braço nessa direção? — perguntou o policial gentil, tocando a mão dela, refazendo o gesto, e olhando para a janela com o vidro estilhaçado.

Sim, ela disse, e relembrou o rosto do velho inteiro manchado de vermelho, o pescoço espichando-se para fora da camiseta, a boca aberta buscando um ar inexistente, sentindo o vácuo que haveria de derrubá-lo. Ele ainda estendeu o braço com a *luger* apontando não exatamente para ela, mas muito próximo, de modo que ela olhou para trás assustada como se um inimigo se aproximasse para matá-los e o velho apenas se defendesse, mas não havia ninguém, e ela ouviu o estampido pavoroso do revólver estilhaçando a vidraça da frente; deu um grito, e ao se voltar o velho já estava no chão, abatido — na verdade, morto, boca e olhos abertos, a *luger* ainda encaixada nos seus dedos. Pela brutalidade do susto, Beatriz chegou a pensar o contrário, que alguém de fora matara o velho através da janela, mas não: ali estava o homem imóvel, olhando idiotizado para ela. Ela chegou a se agachar para tocá-lo, mas por alguma repugnância instintiva não conseguia; enfim estendeu o braço vacilante e tocou o pescoço com a ponta dos dedos, sentindo a aspereza daquela pele enrugada e inerte; aproximou a cabeça da cabeça do homem, como quem quer ouvir alguma última mensagem antes da morte, um último sopro, mas também isso não havia mais. Um homem morto: o primeiro que ela via morrer, e num átimo se lembrou de seus pais mortos, *sim, eles morreram de desastre*, ela explicou ao policial gentil, na viagem de volta, já anoitecendo.

E outro pânico sobrevinha ao primeiro — Réss, talvez pressentindo a morte do dono, redobrava a fúria e ela podia vê-lo saltar diante da janela para em seguida raspar a porta como quem sabe exatamente o que quer. Ela ainda pensava no que fazer — massagem torácica, talvez, ressuscitar esse velho, respiração boca a boca, chegou a imaginar, mas a invencível repugnância voltava-lhe, o dente de prata brilhando na boca aberta, *aquilo era um cadáver*, ela tentava se justificar, temendo que o policial lhe perguntasse o que ela fez para salvá-lo, mas isso ele felizmente não perguntou. Beatriz ainda estendeu as mãos para pressionar o tórax do homem, mas ao tocá-lo como que foi demovida pelo gelo que sentiu, e retirou as mãos, *ele já está morto*. Pensou ainda em virá-lo, *deixá-lo mais confortável*, ela pensou sem atinar no absurdo da ideia, um homem desconfortável até na morte, mas ao estender mecanicamente os braços para a tarefa lembrou-se do seriado da televisão e recuou — *jamais mexa na cena do crime, não toque em nada*, mas que crime?, ela se perguntou, esse homem morreu sozinho, *eu estava ali, a cinco passos*, Beatriz imaginou-se contando mais tarde, o tom dramático para tornar o fato mais convincente ainda, como se o pressuposto de tudo na sua vida fosse sempre a mentira, e o tempo todo o cachorro latindo, o que criou outra onda de terror: afinal perceber que estava ilhada numa casa, sem celular, com um homem morto no chão, e guardada por um cachorro demoníaco que só deixaria ela sair dali quando morresse de fome; e o vizinho mais próximo estaria a uns quinhentos metros de distância, sendo que o beco da Torta é uma rua sem saída e que só chegará alguém aqui se —

E então Beatriz tateou o caminho de volta à cadeira de palha, onde sentou para pensar, mas não conseguiu — levantou-se em seguida e, enfim, surgiu uma ideia nítida: *vou atrás de um telefone, deve haver um aqui*, e avançando para os fundos com o maldito cão acompanhando seus passos aos urros e roncos pelo lado de fora, atravessou uma saleta vazia e chegou à cozinha, um degrau abaixo, de piso de pedra; no velho fogão a gás, ao lado de um fogão a lenha desativado que agora servia de balcão, um resto de água ainda fervia na chaleira e ela correu para desligar a boca, dessa vez sem susto, sentindo-se momentaneamente útil, quase como alguém que pelo simples gesto de desligar o fogo voltasse à normalidade cotidiana, *vou fazer café*; o animal agora rosnava atrás da porta dos fundos, raspando impaciente a pata na madeira, e ela conferiu a maçaneta e o trinco, de uma solidez antiga, com uma chave enorme: *estou segura*, ela pensou — *eu posso sobreviver alguns dias aqui*, fantasiou, olhando as prateleiras em torno, café, feijão, arroz, farinha, batatas. Voltou para a saleta e entrou num dos quartos, às escuras, e sentiu o cheiro e a aura da velhice, corpo e alma entranhados nas coisas; procurou inutilmente um interruptor (com medo de abrir a janela, o cão latindo) e pelo tato e pelas sombras foi descobrindo cômoda, cadeira, cama; estendendo o braço, chegou à mesinha do outro lado e enfim ao telefone, *daqueles de filme*, ela lembraria depois, negro, pesado, clássico, o cordão de tecido grosso em caracol; Beatriz ergueu o fone com dificuldade, derrubando frascos de remédio e um copo vazio que se espatifou. Percebeu agora a fraqueza que sentia, alguém esmagado pelo medo, os dedos tremendo para girar com dificuldade os três números que ela também adivinhava pelo tato, *polícia, por favor, polícia!*

— Era mesmo necessário matar o cachorro? — ela ainda perguntou ao policial, depois de alguns segundos em que ficaram em silêncio, a viatura parada num sinal vermelho.

— Bem, do modo como nos passaram a ocorrência, era uma questão de vida ou morte, e não tinha nenhum veterinário ali com uma rede para cuidar daquele bicho louco. Imagino o que você sofreu dentro daquela casa.

Ela ouviu dois ou três tiros e foi à janela — portão escancarado, quatro ou cinco homens avançaram em trajes civis, e só então ela viu o animal morto, a cabeça ensanguentada, o corpo inesperadamente pequeno quase oculto no mato. Sentiu a mão do homem tocando-lhe o braço, o mesmo policial que agora lhe dava a carona de volta.

— Você está bem?

— Um ataque fulminante do coração, sem dúvida — decretou um outro homem, talvez médico, agachado diante do antigo senhor Rodolfo.

— Digam pra esse povo ficar longe da casa — alguém ordenou, e Beatriz olhou para a rua onde uma pequena multidão vinda do nada começava a se aglomerar.

Você conhece ele?, alguém lhe perguntava, *não, vim aqui fazer um trabalho de revisão*, e mais uma camada de medo pousou na sua alma, *e se eles imaginam que eu também sou nazista*, o calhamaço ali em cima da mesa, *eu nunca vi esse homem, ele telefonou, eu acho que ele era meio... assim, meio transtornado*, ela evitou a palavra "louco", que lhe pareceu inadequada. — Mas ele tentou matar você?! — e ela quase disse *sim*, o que não era exatamente uma mentira, *não, não!, ele só quis me mostrar a arma, que tirou daquela gaveta.* Alguém acabou fazendo finalmente o café, e uma xícara apareceu diante dela; Beatriz agradeceu. Cochichavam alguma coisa entre eles, ela ainda ouviu palavras avulsas, *tiro acidental, uma demonstração, ela teve sorte.* Uma outra voz disse *Porra, essa* luger *é da primeira guerra, e está azeitada. Calibre sete meia cinco, cano 120. Conservadinha.* Um deles abriu o calhamaço ao acaso e foi soltando as páginas como cartas de baralho, sem se deter em nada — *O velho era escritor então,* e largou o pacote na mesa sem comentários, um suspiro definitivo. *Está cheio de remédio aqui,* disse alguém do quarto, *anota aí. E tem documento do homem na gaveta.*

— Eu levo você em casa — ofereceu enfim o policial gentil, todos os trâmites aparentemente resolvidos. — Você garante que está bem mesmo?! — ele ainda perguntou. — Tome um calmante e durma bem essa noite, que você está precisando. Amanhã você faz o depoimento, se for o caso, não sei ainda, trocando em miúdos foi só um ataque do coração — e ela gostou de ouvir isso. Ao sair da casa, viu-se objeto de reverência da pequena multidão de crianças e adultos desocupados que abriram um caminho respeitoso para ela até a viatura fazendo um súbito silêncio — *Mas ela não está algemada?,* Beatriz ouviu nitidamente a criança e segurou um riso nervoso. Uma caminhonete do IML chegava naquele instante e dispersava a plateia sem muita paciência, aceleradas potentes, avançando para o portão aberto.

— Então você faz revisão de textos e dá aulas particulares?! — o homem perguntou, como recapitulação, já quase diante do prédio de Beatriz. — Isso é muito interessante — e balançava a cabeça. — Minha filha vai estudar agronomia — ele disse em seguida, como se as duas observações estivessem interligadas.

Belisário, o nome do policial gentil, ela releu no cartão; um nome vagamente conhecido, que por um segundo Beatriz tentou inutilmente lembrar. *Se precisar de alguma coisa, é só dizer*, ele insistiu, saindo do carro e abrindo a porta para ela. Uma face rústica e um começo de barriga, e o conjunto tinha uma aura de simpatia, ela avaliou. Policiais também podem ser boas pessoas, é claro. Entrou ainda trêmula no prédio; antes de chegar ao elevador, o porteiro lhe estendeu o envelope da manhã, a dissertação que ela deixara para devolver ao engenheiro.

— O homem escreveu um bilhete e disse para lhe entregar de volta.

Elevador subindo, conferiu: *Prezada Beatriz, me desculpe por hoje de manhã, eu estava nervozo, pode fazer a revisão sim, obrigado pela compreensão, vamos praticar aquele preço que você falou mesmo, amanhã eu telefono na sua casa, Belisário.*

Finalmente conseguiu rir, entrando em casa — um dia não tão ruim assim, calculou. Coincidências são bons augúrios.

O HOMEM TATUADO

1

Era uma bela manhã em Curitiba, como diria um romancista do século XIX, abrindo um capítulo, pensou Beatriz no elevador, com a lista de livros na mão — mas teria de mudar a cidade, Paris, quem sabe Viena, ou Berlim, já entrando no século XX. Não há belas manhãs em Londres, só chuva e nevoeiro, é o que dizem e escrevem. Que bobagem, eu praticamente jamais saí da minha cidade, mas como se isso fosse um estímulo ela tomou a rua com bons sentimentos na alma, o mundo é grande e está um dia bonito, sim, o céu azul, a temperatura amena, Beatriz escreveu na cabeça, e caminhando inventariou distraída suas próprias viagens, quase nada: algumas vezes em São Paulo, duas vezes no Rio de Janeiro, incrivelmente nenhuma vez em Florianópolis (exceto quando era tão criança que não restou nada), mas uma em Porto Alegre, por conta do ex-marido Augusto, e Beatriz sorriu, não do marido, mas da viagem, que foi agradável como uma lua de mel, a única que tiveram, porque a primeira — e ela não quis lembrar. Houve uma excursão a Recife, de cinco dias, tão longínqua que também parecia da infância, e de que lhe restou pouca memória, além do sotaque das pessoas que ela adolescente ouvia sorrindo de curiosidade, aquela música da fala. Sorriu de novo agora: era uma tola, como descobriu mais tarde ao estudar a diversidade linguística das aulas de fonética e fonologia, uma descoberta tão óbvia, na cara, e a gente não vê; mas não é a mesma coisa ao vivo, desculpou-se, era a língua inteira diferente à solta nas ruas, e não /bês/ e /fês/ de laboratório. E aí pipocaram na lembrança, atravessando a praça Santos Andrade, outras mil pequenas viagens, para Vila Velha, Lapa, Caiobá, Morretes, Paranaguá, uma esticada a Foz do Iguaçu, e dali ao Paraguai, de onde trouxe um pendrive que jamais funcionou, falsificado, e uma máquina fotográfica que tem até hoje, e da qual a amiga lhe disse há duas semanas, quase um escândalo: mas só tem 3 megas! E houve, é claro, aqueles 15 dias inesquecíveis em Barcelona, a convite de Carmen, a catalã, que se foi para não mais voltar. Sim, ali ela se sentiu pela primeira vez geográfica e culturalmente fora do eixo — uma brasileira, teve a noção viva de que era *brasileira*, sentiu na pele os detalhes que pareciam tão sem relevância mas que *não se encaixavam* —, seria isso mesmo? Mas a cabeça mudou de rumo, como para se organizar. Planejou fazer uma lista das cidades que conhece. E outra lista com as cidades que precisa conhecer. Colocaria as listas com um ímã na geladeira, e ela riu da ideia. Cruzou a praça Generoso Marques dizendo a si mesma que precisaria viajar logo, o quanto antes, para um grande número de lugares, para testar e respirar outros espaços — ela queria conhecer Nova York, Paris, Londres, Florença, São Petersburgo, Gdanski (de onde, dizia a família, veio seu bisavô), Pequim e Berlim, que rimam — e o que mais? Se não viajasse logo, logo perderia a vontade e se enterraria para sempre em Curitiba. Não fale assim, dizia-lhe o pai — é uma boa cidade. É que — e a vista da catedral distraiu Beatriz, já perdida no meio do pequeno mapa mental que não anotou e que agora lhe escapava, imaginando onde seria o sebo que ela consultou na internet e lembrando da clássica fotografia de um zepelim que veio de longe para cruzar o céu de Curitiba, milênios atrás, todos os chapéus na praça olhando reverentes e embasbacados para o alto. Apenas um dos relógios da Catedral estava funcionando, ela conferiu; uma catedral pesada e sem graça, mas no entorno da praça fica bonita pelo simples fato de ter mais de cinquenta anos, ela concluiu lembrando da monografia a fazer, o que eu sei de arquitetura? Nada, mas ninguém mais sabe, disse o professor apocalíptico: vivemos em cidades horrendas que brotam de lugar nenhum; os prédios são monstrengos sem DNA. Entrando perdida na Saldanha Marinho, tentou ainda recordar o mapa mental e lembrou do zepelim como um resíduo, um monstro pachorrento no céu, por que eu preciso viajar nele?, e súbito estava com *A interpretação dos sonhos* na mão, será mesmo este o sebo que eu procurava?

Um túnel escuro abarrotado de livros, ela diria, se tivesse de contar a alguém o lugar onde a história começou. Mas era preciso acrescentar: livros usados, o que dá aquela mancha cinza, ou ferrugem, dos trilhos irregulares das lombadas, prateleira sobre prateleira, a cor do pó. E entre uma parede e outra, uma fila de pequenas estantes também no limite da capacidade — quem consegue se abaixar aqui para conferir o que está embaixo?, como — e ela leu, torcendo a cabeça — essa coleção arruinada de *Seleções* de Reader's Digest; abriu um exemplar, de onde veio um inconfundível cheiro de papel velho e uma charge típica de revista americana, traços finos e limpos, o mecânico com a cabeça enterrada no motor do velho Ford, enquanto um velho senhor de óculos aguarda severo ao lado; embaixo, a legenda: "Ela não está aqui, senhor." Qual a graça?

Ultrapassou a estante e foi para o outro lado; à altura dos olhos, uma etiqueta feita caprichosamente à mão dizia "Literatura Estrangeira", e ela percebeu que os livros estavam dispostos pela ordem alfabética do sobrenome, e uma das prateleiras estava tão cheia que os livros pareciam ter sido colocados à força de marretadas — A. J. Cronin, ela leu, e o título, *A cidadela*, e teve a vaga lembrança de que seus pais um dia leram esse livro. Logo adiante estava Conan Doyle (não pelo D, mas pelo C, ela conferiu, e sentiu o impulso de arrancar o volume dali e levá-lo à prateleira certa), *O mundo perdido*, um desses livros que morreria sem jamais ler — e ela pensou em conversar com alguém sobre isso algum dia, como tem livros que a gente — Conrad, Carpentier, Canetti, ela foi acompanhando, esquecida do que havia pensado, até que, disciplinando-se, Beatriz abriu a pequena bolsa azul e tirou dali a lista com os títulos que de fato precisava agora, sendo o principal deles *Minha formação*; virou-se e tentou descobrir de um lance onde estaria a não ficção, e, dentro dela, sociologia e história, se é que o sebo faria essa distinção sutil, e então percebeu que estava completamente só na livraria, esse túnel escuro de livros com a sombra de um balcão vazio ao fundo, para onde ela avançou passo a passo, quase que andando de lado, conferindo as etiquetas, Espiritualismo, Autoajuda, História, e aqui ela se deteve, buscando a lógica das prateleiras — agora eram os títulos que comandavam a fila, *Declínio e queda do Império Romano, Depois da independência, Estamentos e castas na Índia colonial*, sequência subitamente interrompida por meio metro de livros encadernados em marrom, e ela virou a cabeça para ler as lombadas apagadas, talvez fosse alguma coleção de clássicos brasileiros; ela precisava também de Manoel Bonfim, difícil de encontrar em sebos, mas alguém lhe disse que saiu uma reedição, *América Latina, males de origem* — e Beatriz perdeu o equilíbrio, topando com uma caixa imprevista no caminho, uma queda ridícula naquele espaço estreito; outro susto, o braço que se ofereceu do nada para ajudá-la.

— Machucou-se? — disse a voz, e enquanto ela aceitava a mão firme e se erguia, os olhos de Beatriz se prenderam naquela cabeça triangular de cobra com uma língua fina em S que avançava até o punho, as linhas do réptil acompanhando os músculos retesados do braço até a dobra do cotovelo; já em pé, ela olhou para o alto, o rosto meio palmo acima de seus olhos. — Tudo bem? ele insistiu, talvez preocupado pelo silêncio de Beatriz, ainda presa à tatuagem.

— Tudo bem. Desculpe, eu... escorreguei — e desviou os olhos dos olhos dele, que tinham uma leve sugestão oriental, talvez (um homem bonito, ela teria de confessar, quando relatasse a alguém o que houve, ainda que a visão da tatuagem, a cobra lhe agarrando a mão, era um contraponto estranho, e ela iria rir da descrição) —

— A culpa é minha, ele disse, e com o pé empurrou a caixa perigosa para debaixo da estante, o que fez um ruído rascante no piso. — Eu que tenho de pedir desculpas. Não se machucou mesmo? — e parecia uma preocupação verdadeira, tocando-lhe o braço.

— Não, não foi nada, não se preocupe — e ela apalpava o cotovelo, doído, mas sem corte.

— Posso ajudar você? É o mínimo que devo fazer — e ele sorriu (um homem bonito com a barba de dois dias um tanto rala e a pele cor de cobre, o que era ressaltado pela camiseta amarela com as letras *qwert* atravessadas em fonte de máquina de escrever, ela teria de dizer, se prosseguisse a descrição);

e foi como se só agora percebesse que ele trabalhava ali (mas a tatuagem conspirava contra ele, Beatriz poderia detalhar, repetindo o que sua mãe diria e a memória do primeiro namorado, cuja tatuagem no peito —)

— Sim — e ela mostrou o papel com a lista, arrependendo-se em seguida; viu-se como uma menina idiota entregando a lista do supermercado a alguém que soubesse ler e pudesse lhe explicar o que estava ali, e ele parecia ler com dificuldade, mas só por pensar em outra coisa e não no que estava diante dos olhos —

— *Minha formação* é o mais importante — Beatriz frisou, para romper a passividade em que caía. — Eu vi na internet que —

— Nós ainda não estamos na internet — e ele suspirou, ou mais bufou, ela concluiu, alguém que se lamenta, os braços e a cobra tatuada desabaram desanimados. Isso aqui está — ele prosseguiu, olhando em torno sem esperança — isso aqui está uma bagunça total. Eu... eu já explico. Mas venha tomar um café. — Como ela continuasse imóvel, incerta diante do convite inesperado, ele insistiu, a liberdade tranquila da mão no ombro, o tom de um velho amigo, deixe disso, menina: — Eu acabei de fazer.

E ela foi, mas como se um freio lhe puxasse o pescoço, já engatilhada a frase: Desculpe, eu errei o sebo, eu já havia feito a reserva, ela teria de mentir, só para sair dali — mas na verdade eu não quis sair, teria de acrescentar ao ouvinte imaginário. Ele me —

— Sente aqui — e ele puxou um banquinho diante do balcão, como se se tratasse de um bar e não de uma livraria, e desapareceu numa porta estreita. Beatriz olhou para trás — um túnel de livros, ela pensou, reforçando a imagem, ou um telescópio ao contrário: lá na porta de entrada, de onde vinha a luz difusa da rua, ela via a calçada onde passavam pessoas pequeninhas.

— Com açúcar? Sem açúcar? — e ela viu a cabeça dele aparecer transversal na porta, um sorridente boneco de mola, o cabelo negro e liso tombado.

— Sem açúcar, por favor, eu —

Pensou em insistir nas desculpas, Por favor, não se incomode, eu só — mas ele de novo desapareceu. Beatriz ouviu o inconfundível ruído de uma colherinha mexendo açúcar e rapidamente pegou de volta a lista de livros abandonada no balcão, no momento em que ele vinha em passos cuidadosos com dois copos, um diferente do outro, cheios de um café fumegante. Titubeou um segundo antes de decidir qual seria o sem açúcar — Eu acho que é este! — e sorriu, mágico aprendiz demonstrando um truque. Puxou um banco e sentou-se diante dela — entre eles o velho balcão de madeira maciça marcado a canivete, verniz envelhecido, manchas de uma longa vida.

— Eu explico.

O que é engraçado, ela pensou, e sorriu — explicar o quê?, ela deveria perguntar, mas deu um gole do café. Ruim, muito ruim, café dormido em cafeteira de rodoviária, um gosto de queimado no fundo, uma densidade residual de água em meio ao gosto, Beatriz imaginou-se explicando. Como se lesse uma mensagem sutil dos lábios dela depois do gole, ele disse:

— Eu nunca aprendi a fazer café direito — e sorriu. — Cuidado que está quente.

— Está bom, ela mentiu, pondo de volta o copo no balcão, quase queimava o lábio e a língua — e quando ele puxou a madeixa de cabelos para trás, ela percebeu que no pescoço brilhava outra tatuagem, a ponta de alguma coisa que subia do peito, talvez do braço mesmo, para terminar sob a orelha. Mas era isso que ele iria explicar, que não sabe fazer café?

— Eu herdei este sebo há menos de um mês. Estava fechado. O meu pai não pode mais sair de casa (e ele apontou para trás vagamente, como se houvesse alguém oculto na cozinha). Estou meio perdido. Preciso organizar tudo. Eu sempre gostei de livros, mas — e ele procurou a lista, chegando a apalpar aflito um bolso imaginário na camiseta, até que Beatriz percebeu o que ele procurava e devolveu o papel:

— Aqui está.

— *Minha formação*, de Joaquim Nabuco. Tem esse livro aí, eu já vi — é um romance? O pessoal gosta de romance, é o que mais vende.

Tentou avaliar a reação de Beatriz, que não pôde reprimir o sorriso.

— Claro que sei que não é, mas foi colocado na prateleira errada, como sempre acontece — e ele sorriu sem jeito. — Não saia daqui, ele disse quase que como uma ameaça; foi para o meio da loja, agachou-se em algum lugar, desaparecendo momentaneamente de vista, e emergiu de lá com um sorriso agora feliz no rosto e um livro na mão:

— Achei! Eu sabia que não era um romance. Mas o meu pai, não ele, que é um cara que leu tudo na vida, até demais, mas o empregado que ele tinha, que mal sabia ler. Eu também não estudei muito, mas não por falta de livros. Só que o meu pai não ajudou muito. Aquela sensação esquisita de que ele gostava mais dos livros do que de mim, sabe como é? E agora sou eu que tenho de ajudar ele. Você entende? As coisas viram do avesso.

— Sim, ela disse mecanicamente, admirando o livro, uma edição dos anos 60, a capa frágil mas o miolo em bom estado, e enfim voltou a olhar nos olhos dele. — Obrigada. É exatamente o livro que mais preciso. Esse outro, o do Manoel Bonfim, é muito mais raro. — E só então Beatriz, sintonizando o que ele havia dito, percebeu que ele queria se confessar, começando pelo pai (Eu atraio pessoas como você, ela teria de dizer a ele; pessoas que em dois minutos resolvem contar sua vida para mim.) Deu outro gole do café, com uma careta — ela precisava negociar o preço do livro.

— Você é de Curitiba, não? — e Beatriz desejou que isso fosse uma técnica de comerciante para distraí-la, e fez que sim, defensiva. — Eu sou do norte do Estado, Paranavaí. Meu pai é de Ponta Grossa, e no fim viemos parar aqui, nós dois, já há mais de vinte anos. Cheguei criança em Curitiba. Estudei ali no Zacarias, sabe onde é, no alto da XV? — e ele tocou rapidamente a mão dela sobre o balcão, a tempo de Beatriz perceber o falso anel caprichosamente tatuado no dedo anular.

— Sei sim. Meu irmão estudou um ano ali, ela disse em voz baixa, folheando o livro para tirar os olhos do anel. — O pai achava que seria bom escola pública para os filhos, como experiência, para desenvolver o senso de realidade, mas isso ela não acrescentou: seria pedante, como se fossem muito ricos.

Conversaram mais um pouco — ela queria saber o preço do livro, para comprá-lo e ir embora, mas não perguntava nada; em vez disso, acabou dando mais corda à conversa em cada segundo de silêncio, no fim das frases, justamente para não ter de sair dali. De repente, como alguém que percebe o nível do freguês, ele queria mostrar uma raridade: — Espere aí! Você vai gostar! — e quando ele esticou o braço para uma prateleira com porta de vidro e chave, logo atrás dele, na verdade uma velha cristaleira adaptada e cheia de livros, Beatriz percebeu outra tatuagem, agora no bíceps, como que descendo da manga da camiseta — garras vermelhas, ou três pontas de âncora, talvez um trecho de hélice, ou uma cabala sem referência; mas ele baixou o braço com um livreto e a manga voltou ao lugar, cobrindo o desenho, e ela sentiu quase que uma vontade de criança de levantar a manga para ver que segredo estaria tatuado ali. A raridade era uma primeira edição de Dalton Trevisan — e ele contou que o pai começou na verdade como um antiquário de livros, mas com o tempo foi popularizando o negócio, aceitando revistas velhas e tudo que aparecesse, aquelas pilhas de coleções que pesam uma tonelada, ocupam espaço e não vendem nunca, e então — Você quer mais um café? Beatriz disse que não, e ele olhou para a entrada da loja, onde havia surgido alguém, o que criou imediatamente um silêncio ansioso. (Engraçado, Beatriz teria de confessar, se relatasse o caso: eu me irritei com a ideia de um intruso atrapalhando a conversa, mas ele mesmo avançou para lá a passos rápidos, e numa troca de duas ou três palavras que não ouvi, a pessoa evaporou em seguida; e ele voltou para o balcão com um ar triunfante de quem acaba de perder mais um cliente; não é engraçado? ela se perguntava, uma secreta felicidade na lembrança.)

— Sim, ele dizia, os pais nos tratam, e depois temos de tratar deles, é uma espécie de lei da vida, você não acha? E eu tenho de assumir o posto em definitivo, mas vou confessar uma coisa: sou um despreparado. Por isso — e agora ele tocou o ombro de Beatriz, o braço atravessando o balcão como uma ponte pênsil, como se sustentado pelas linhas delicadas da tatuagem — a gente podia conversar. Eu não sei quanto tempo você tem livre, mas — e os dois olharam ao mesmo tempo para o túnel de livros com a luz brilhando na entrada. Alguém que organizasse isso aqui, ele concluiu, por fim. Veja que o ponto é muito bom. Basta uma... uma — e os olhos olharam nos olhos dela, de novo a ponte pênsil até o ombro — orientação, é isso, uma orientação de quem é do ramo, de quem sabe o que é um livro. É isso.

2

O princípio de organização dos livros é uma tarefa inesgotável e em última instância fracassada, porque por natureza eles refugam a ordem. Há um exagero de formas, livros de quatro centímetros de altura que pelo arbítrio da ordem alfabética teriam de ficar colados com livros de meio metro; há nomes que são sobrenomes, ou livros apenas com títulos; há gêneros inclassificáveis, autores que não sabem o que escrevem, edições sem ficha catalográfica, isso é serviço de especialista, e eu — e Beatriz quase desanimou. Há livros que não deveriam estar aqui, ela pensava, irritada, de tão ruins que são; outros que fazem muita falta e eu não encontro, como se eu estivesse organizando não um sebo, mas a minha biblioteca pessoal, e a ideia enfim divertiu Beatriz em lampejos, naquela primeira tarde. Sim, eu posso às tardes, não todas, mas algumas, depende de como vão ficar as aulas da pós; e tudo que posso fazer é colocar os livros em alguma ordem — se bem que nada disso fará sentido se de algum jeito você não mantiver algum registro em algum lugar. Um notebook, nada mais que isso, ela sugeriu, alguém que fizesse um arquivo Excell, algo assim, padronizado, título, autor, editora (talvez informação sobre o livro, mas isso, nesse sebo, com esse proprietário, seria pedir demais, ela desanimou sem dizer, a não ser que —).

Está ótimo, ele disse, vamos providenciar; eu tinha um laptop mas não valia o conserto, computador envelhece em seis meses — e ficaram em silêncio um bom tempo, de segundos pesados, porque era preciso falar de dinheiro, e isso ficou misteriosamente para depois. Uma coisa simples, um começo, ele frisou — um dia tudo isso será meu, como se fosse essa a ideia da coisa, e então será melhor que esteja organizado, e melhor ainda se a organizadora for você, ele poderia acrescentar, mas o sorriso dizia claramente isso, um nítido ar de euforia, ele está feliz, Eu conquistei Beatriz, ele poderia dizer a um amigo com um ar de triunfo, e talvez acrescentasse, e ela vai fazer o serviço praticamente de graça, e eles bateriam as palmas da mão no ar, como jogadores que fazem um ponto ou festejam um breve triunfo, ela divagou, os *Princípios de militância política* na mão, uma antologia surrada sem ficha catalográfica, com um ar de impressão clandestina da gráfica do Senado — onde eu ponho essa... e quase disse essa merda, mas mordeu a língua. Parou para pensar: as pessoas sempre acham que eu posso ser útil a elas, e eu sempre acabo mesmo sendo útil, é o meu destino — se bem que, nesse caso — mas ela mudou a direção, fazendo humor: o serviço é bom, mas o café é ruim, ela teria de confessar, quando perguntassem, e daria uma risada. Deixou de lado os *Princípios* — depois eu vejo, talvez para a prateleira de ofertas que havia logo na entrada, uma má ideia, ela iria dizer a ele: o sujeito entra no sebo e a primeira coisa que vê é a cesta de entulhos, não sou comerciante, mas acho que isso não é uma boa ideia, parece que o melhor que você tem a oferecer é o pior, mas ela não disse ainda, talvez porque ele não tenha gostado da minha ideia de eu mesma fazer o café, eu me ofereci, ela lembrou, e ele disse um não cortante e definitivo que provavelmente tinha a intenção de ser gentil. Como se quisesse dizer: eu não contratei você para fazer café, para isso qualquer uma servia. Sim, eu sou importante, ela pensou — e era como se de fato pensasse nisso, na própria importância, qual é afinal o meu grau de importância? *Gramática histórica*, ela leu — um livro deslocado aqui, ao lado de *Uma tarde em Pigalle*, uma obra rara de Madame de Grammond, da finada Editora Vecchi, que por um estranho cacoete da memória fazia Beatriz lembrar de sua mãe, e lembrar precisamente de sua mãe lendo na sala. Talvez eu esteja mesmo muito sozinha. Mas por que você aceitou esse trabalho?!, as colegas irão perguntar. Começaria por uma mentira qualquer, é divertido (mas é mesmo divertido, de algum modo, não é mentira), para chegar ao principal: ele me atrai, e eu estou sozinha. É um mecanismo muito simples, e ela faria uma engenhosa demonstração de causa e efeito com palitos de fósforos numa mesa, se você empurra aqui, então — Você está pensando exatamente como um homem, elas diriam —, e é inútil, porque não temos treino de engenharia reversa, e todas as amigas imaginárias dariam a mesma risada comprida. É preciso fazer com que *ele* chegue a você, é esse o DNA cultural e contra essa genética absurda não há o que fazer, e elas talvez falassem sério, o que seria esquisito.

— Você quer conhecer o meu pai?

Foi uma pergunta com um jeito de pedido de desculpas, na verdade quase uma súplica, e a mão dele tocou o seu ombro assim que ela se ergueu com *Doutor Fausto* na mão (ia dizer que esse livro deveria ir para a vitrine da frente, o "horário nobre", como ela gostava de brincar; veja, a edição em ótimo estado, e Thomas Mann sempre atrai a —)

— Sim, é claro! — e o entusiasmo e a prontidão da resposta assombraram-na, como quem descobre tarde demais que caiu numa armadilha dupla, como se o próprio entusiasmo fosse a prova de que ela disfarçava a indiferença ou o medo ou o desgosto com uma cortesia exagerada; dupla, porque de qualquer forma agora teria mesmo de conhecer o pai, não havia deixado a mínima ressalva pelo caminho da voz. E em seguida, desviando o olhar da tatuagem do braço (ele manteve por alguns segundos a mão no seu ombro) para a capa do *Doutor Fausto*, sim, por que não? Imaginou-se pegando um ônibus com ele ali na Tiradentes em direção a um bairro qualquer e de lá até uma casa qualquer com um belo quintal onde o pai leria um jornal na varanda simpática, um cachorro amigo deitado ao lado (apenas mexeria a orelha ao vê-la, como a alguém que é da casa desde sempre) e as mãos da mãe lhe trariam uma limonada numa bandeja, Sente aqui, querida, descanse um pouco, vocês andaram muito e o sol está forte. O Daniel está te tratando bem?, perguntaria agora o pai, pensando no sebo e nas tarefas de organização, e de repente, como se Beatriz criasse a realidade, ela se animou com a ideia: Quando vamos?, perguntou, pensando em sábado à tarde, quem sabe, um piquenique com o patrão —

— Acho que podemos adiantar as coisas, ele disse, levantando o dedo indicador e as sobrancelhas, numa mímica bem-humorada; olhou ainda para dentro da loja para conferir se não havia nenhum freguês agachado ou esquecido entre duas prateleiras, ratos de sebo são discretos, invisíveis, silenciosos, e têm todo o tempo do mundo a perder, Daniel andando de costas e fazendo graça até a porta, que fechou à chave, virando a tabuleta providencial que ela sempre via para o lado de dentro, e que achava engraçada como uma foto antiga: VOLTO JÁ.

— Não é longe, ele brincou, puxando-a pela mão de volta para o interior da livraria. Ele perguntou de você hoje, meio rabugento, como sempre; mas se ele te vir, ele vai se acalmar, com certeza, e Daniel sorriu, no que pareceu a Beatriz o primeiro galanteio do patrão (mas ele é seu "patrão"? como assim? — as amigas perguntariam, e ela acharia graça da pergunta, não, é claro que não, estou só ajudando ele, dando umas ideias, não é engraçado?), um galanteio arrevezado, ao modo de Daniel, ela diria; ele nunca está onde está, parece, ela concluiria, para dar uma boa ideia dele. Alguém leve, flutuante.

E pela primeira vez ela passou além do balcão e entrou na misteriosa saleta dos fundos, um espaço acanhado e acolhedor e estranhamente limpo e organizado que se revelou uma pequena cozinha com dois banquinhos, um balcão com pia, uma geladeira antiga bem-cuidada (tinha um pinguim de porcelana em cima! — ela diria), um fogareiro de duas bocas, prateleiras, e Daniel parou ali, como para mostrar sua casa de brinquedo, orgulhoso — e foi como se só agora Beatriz percebesse que ele não largava sua mão, um amigo de infância, ou um namorado inocente em começo de carreira, o que talvez seja o caso, ela ponderou, olhando para a própria mão direita suavemente segura pela mão esquerda dele, em cujo dorso brilhava uma estrela tatuada de seis pontas. Ele largou a mão, num reflexo, percebendo, quem sabe, alguma inconveniência involuntária, e mostrou o seu espaço num gesto de humor:

— É aqui que eu faço o teu café!

Nada é perfeito, Beatriz quase disse, o que seria divertido, mas não agora, ponderando que foi o seu olhar vigilante que arrancou a mão dele da sua, agora à solta, ele tem a mão quentinha, ela poderia contar, o que é sempre delicado como uma lembrança de infância; e ela também percebeu que o "teu café" era um outro galanteio, e quase que ela estragava tudo com uma risada sardônica — esse meu jeito agudo me atrapalha, ela pensou, a respiração um tantinho ansiosa, ou desconfortável, pela proximidade física de Daniel, era uma cozinha funcional mas estreita, ele acuado ao fundo, ela no meio, e um súbito vazio de palavras, que Daniel quebrou com outro convite —

— Quer conhecer o meu canto?

E passou por ela em direção ao outro lado milagrosamente sem encostar em Beatriz, uma leveza magra que se desviou como que do vento até alcançar em três passos lépidos o primeiro degrau de uma escada também estreita e escura, quando se virou, misterioso, apontando o alto:

— Eu moro aqui.

Vamos ao pai, pensou Beatriz, intrigada, desabava o quintal com a varanda, tão promissores. Quando ele dava o primeiro lance de escada ela vislumbrou abaixo da camiseta curta um entrelaçado preto, vermelho e verde que parecia cingir sua cintura num desenho que lembrava uma pele de cobra, ela especulou, e viveu de novo a fantasia de levantar a camiseta e devassar as costas de Daniel, o corpo parece inteiro tatuado, será mesmo? — talvez ela devesse perguntar algo a respeito, o que seria uma maneira simples de quebrar uma certa cerimônia que discretamente estava no ar já há alguns minutos, uma outra aura, e no escuro da escadinha que se estreitava a cada degrau sentiu um cheiro de incenso, ou de quarto *usado*, e Beatriz achou graça da palavra, um quarto usado, era o que ela viu ao emergir no fim da escada, o teto inclinado como o sótão de Raskolnikov, ela poderia dizer para fazer graça, a única luz vindo de uma claraboia central, uma espécie de água-furtada — a luz jorrava seu facho oblíquo sobre uma cama que era praticamente um colchão, de tão próximo do assoalho que estava, quatro dedos acima, como que levitando, e ela fantasiou um olhar de google lá do alto, para descobrir que labirinto seria esse no miolo de um quarteirão no centro de Curitiba, *eu sou cretina topográfica*, ela pensou em dizer, uma frase que sempre provocava risos, *se me sequestrarem não é preciso botar capuz, porque não vou mesmo achar o caminho de volta, me diga em que direção fica a praça Tiradentes, que eu me perdi* — mas em vez disso ela sentiu-se retesar, não se afastando demasiado da boca da escada, uma rota de fuga:

— E o seu pai?!

Ele custou a ressintonizar, faceiro por mostrar seu espaço —

— Meu pai?! Sim, ah! Eu havia prometido o meu pai, é mesmo — e Beatriz riu da expressão de Daniel, *prometer o pai*. — Logo vamos lá, é ali nos fundos, e a mão indicou algo vago, o google mental de Beatriz imaginou a direção da Igreja da Ordem, quem sabe da Secretaria da Cultura, em outra direção, onde estou? — e seguiu-se um breve e intenso silêncio em que ele parecia discretamente decepcionado pelo pouco interesse dela por aquele quarto original que tão — infantilmente? — ele mostrava, uma criança com um trenzinho, quando ela pensou súbito no amigo escritor Paulo Donetti confessando num fim de noite de dois anos antes que jamais escrevera uma boa cena de sexo, e nenhum escritor pode se julgar realmente bom se não tiver escrito uma cena realmente boa de sexo, ao que Beatriz, gentil, respondeu com um beijo na boca dizendo em seguida, rindo: mas não é melhor *fazer* do que *escrever*? Nenhum grande escritor do século XIX (exceto os limítrofes, como o marquês de Sade — mesmo assim, aquilo era outra coisa, você não acha?) descreveu uma transada, e nem por isso deixaram de ser grandes, ela argumentou; mas eram outros tempos, ele respondeu, soturno; a importância estava em outro lugar. — Como hoje, ela contestou, sentindo que se perdiam em palavras; é a mesma coisa, insistiu, sabendo que cometia um erro.

— Beatriz, Donetti disse, por fim, o suspiro que encerra a conversa, sempre é melhor escrever que fazer, e ela percebeu que ele falava sério, o que ela sentiu como uma agressão: por que continuo aqui com esse estúpido? Deu dois passos em direção a Daniel, que se recortava sob o único facho de luz do quarto, a exata revelação de um anjo. Sim, isso é uma intimidade, ela pensou — eu acho que consigo pedir.

— Posso ver suas tatuagens? — Ele ficou sério, e ela sorriu encabulada, tantas eram as ambiguidades que emergiam brutas da própria pergunta; e interrompeu o sorriso: — Desculpe. Eu... é uma tolice minha.

— Não! Tudo bem! Mas você deve seguir as instruções — e ele estendeu a mão, tocando-a levemente, como quem diz "não fuja". — E agora sem tocá-la, indicou um ponto onde ela deveria ficar, meio passo atrás: Aqui. E Beatriz obedeceu divertida, como se fosse um jogo. De certa forma, era um jogo: — Essa deve ser a distância ideal, ele acrescentou, sério, o que ao mesmo tempo a tranquilizou e decepcionou: como se ele tivesse dito, uma placa no peito: MANTENHA DIS-

TÂNCIA. Pensou em perguntar por que ele gostava tanto de tatuagens, ou como ele começou, ou qual a sensação de ferir o corpo, ponto a ponto, por um prazer estético (mas seria só isso?); a ideia de eternidade, talvez (você é uma mulher antiga, disse-lhe o primeiro namorado); não, sou apenas conservadora, ela teria de responder, o que não fez, porque ainda não sabia.

— Fique aí, disse Daniel, e recuou andando de costas até encostar os tornozelos no colchão, ficando exato a três passos dela. Ele fechou os olhos e ergueu lentamente os braços, como Jesus Cristo, alguém que se concentra, ela imaginou — o facho de luz da claraboia caía-lhe no peito como uma mensagem viva.

Um ritual, Beatriz pensou, divertida, lembrando de D. H. Lawrence, o inglês reprimido em busca de redenção exótica, como ela agora, talvez; sexo natural e deuses astecas, incenso e touradas, cruzamento libertador de classes sociais e culturais, lady Chatterley encontra enfim o verdadeiro bom selvagem, e era como se a ironia escarmentada do amigo escritor Paulo Donetti falasse por ela, e ela fechou os olhos para se livrar do amigo e sinceramente se concentrar naquele instante, porque Daniel atraía, um perfeito desenho de corpo, um bailarino no palco. Quando abriu os olhos, ele tirava a camiseta devagar, mantendo a aura do ritual — e o impacto acachapante das imagens paralisou-a. Da cintura à base do pescoço entrelaçavam-se braços, escudos, línguas, escamas, dentes, olhos, espadas, cabeças míticas num emaranhado de signos em preto, verde e vermelho brilhantes sob a luz direta do sol, quase com o brilho refletido das joias, uma simetria semovente, como se houvesse relevo na pele; e o simples movimento da respiração parecia mover igualmente aquele animal fantástico, um grifo de sete cabeças em duas dimensões ocultando-se mimético na pele humana. Beatriz abriu a boca para dizer alguma coisa que não saía e Daniel sorriu, feliz, como se alçasse voo na luz. Ela quase articulou uma quebra do espírito — Era engraçado aquilo, ela diria, como quem conta um episódio exótico de um outro povo, já a uma distância segura dos selvagens, o puro medo do desconhecido suavizado por uma condescendência compreensiva, mas no momento da iluminação — da *iluminação*, ela frisaria, irônica e divertida — Beatriz levou um choque: alguém que se deixa ferir inteiro a picadas de agulha, para criar outro ser sobre a pele; não foi exatamente um gesto erótico, ela pensou dois dias depois, quando eu estendi a mão em silêncio para tocá-lo, era — mas o ritual não havia terminado ainda; Daniel a impediu de tocá-lo, com um sorriso: — Espere! Fique aí mais um pouco! — e o modo tranquilo como ele falou denunciava que a ideia de ritual estava só na cabeça dela, não dele, consciente do choque da amiga e feliz como uma criança que passa um trote escondido atrás de uma porta; ele é um homem *leve*, ela teria de concordar, se perguntassem; a ideia do *irreversível* é que me incomoda, ela pensou mais tarde, como se houvesse algo ofensivo no que se faz com a própria pele, nos limites do espetáculo (ela evitou agora a palavra *preconceito*), um desenho que nos condena; o velho sonho da permanência gravado a ferro e fogo, o ser estacionado, ela pensou em escrever, e então Beatriz viveu outro choque, quando ele se virou numa lentidão hierática, os braços estendidos (ele tem a obsessão da simetria, ela pensou, antes de ver), e então viu as costas dele sob a luz da claraboia, aquele trapézio bem delineado de pele lisa inteiro tomado de caracteres, e ela abriu a boca de novo, porque aquilo era muito bonito, em si: uma pedra de roseta, caracteres sugestivamente orientais, talvez cuneiformes, picados na pele por alguém que não sabia ler o que escrevia, uma bela e caprichosa sequência de sinais gravados em linha, até quase a cintura, onde, agora sim, era possível entender o que estava escrito

Escrever é Perfeito
Viver é Imperfeito

— o que lhe pareceu ao mesmo tempo uma mensagem cifrada a ela e um lugar-comum incompatível com o portador, cuja pele contrariava a afirmação, ela imaginou, e de novo estendeu o braço para tocá-lo, porque continuava a imaginar o relevo daquelas linhas tão bem-desenhadas. Foi assim, ela iria dizer, eu fechei os olhos (a precavida atração pelo susto) enquanto avançava e súbito senti a sua boca na minha e meus dedos em suas costas lisas procuravam o relevo inexistente, ainda que ela imaginasse a sutileza do desenho pressentida pelo tato — eu preciso dizer mais? Uma espécie de suave hipnose, e ao me deitar no colchão ainda entrevi na cabeceira, ao lado de um toco de incenso apagado, *A arte da guerra*, de Sun Tzu, um volume gasto que provavelmente ele recolheu do próprio estoque e que talvez tenha sido um dos três ou quatro livros que ele leu na vida, o que lhe ocorreu, ela pensou num lapso, como uma simples observação, sem nenhum tom acusatório. Eu lembro bem do beijo, ela iria contar, porque fazia muito tempo que eu não beijava ninguém, eu estava sentindo falta de calor humano (e ela sorriu da expressão) e aconteceu (ou eu mesma criei) uma sintonia muito bonita. E mais não vou dizer — ela diria, se tivesse mesmo de falar — porque sou tímida.

3

Beatriz acordou de um cochilo reparador juntando em devaneio os cacos de pequenas estranhezas, o cheiro diferente do lençol e do homem ao seu lado, o calor do sol sobre parte de seu corpo nu — e sentiu de novo o impacto do homem desenhado, tão próximo, com suas linhas caprichosas. Não, não tinha relevo, ela concluiu com alívio, apenas a ideia, que é o que importa. (Há quem faça desenhos com finas cicatrizes, esculpindo a pele, alguém uma vez lhe contou, e ela, criança, ficou impressionada, talvez mais pela palavra do que pelo fato em si: *escarificação*.) Pensou em dizer que preferia as costas, com os sinais cuneiformes incompreensíveis, porém harmônicos, a linguagem visível representando apenas a ideia de uma linguagem — ela preferia esses grafemas àquela fera colorida que saltava do peito cheia de dentes e olhos, e a expressão soou engraçada na sua cabeça, saltar do peito, a ilustração de uma metáfora, *a metáfora desenhada*, ela chegou a sussurrar, para testar o sentido. Estava feliz. Então lhe veio o aroma, que ela imaginava ser incenso, até que Daniel lhe estendeu o toco de maconha entre os dedos, Você quer? — e ela disse Não, obrigada, como se fosse a oferta de um cafezinho, e ambos riram, porque foi engraçado.

— Eu gosto de um tapinha depois do amor, ele explicou em pequenos trancos de voz, resistindo a soltar a respiração, até explodir em mais riso. Ele também parecia feliz, ela avaliou, contemplando-o a olhar agora tranquilo para o forro inclinado do teto, e lentamente a realidade foi descendo sobre Beatriz com seu manto de pequenos planos e exigências, alguém que põe os óculos e volta à nitidez dos objetos.

Beatriz ainda não se angustiou, nem se arrependeu, o que soou quase como um choque. Ele não é apressado, ela concluía provisoriamente, revendo o que acontecera, e prosseguia nela o fio do desejo, a vontade de começar de novo — e ele fala pouquíssimo também, o que fará de nós um casal — e Beatriz olhou direto para a claraboia, ferindo os olhos no sol que ressurgiu forte, livre de nuvens, e imaginou como seria dormir ali com o barulho da chuva; pensou em perguntar, mas agora era ele que ressonava, o toco apagado entre os dedos; ela fechou os olhos e ponderou que desculpas daria para não viver ali com Daniel, ali ou em outro lugar, que desculpa daria para jamais viver com alguém, que ele não levasse a mal, mas — e sentiu vergonha do que pensava, dessa antecipação defensiva, o calor no rosto subitamente vermelho, que absurdo, ele nem — a diferença de classe, ela ouviu sua avó dizendo, sempre zelosa de sua classe imaginária. Como se respondesse às cobranças de um padre diante do altar. Eu quero mesmo um homem para viver? E ele, quer uma mulher para compartilhar sua toca de livros velhos? — como diria o ressentimento de seu amigo, o escritor Paulo Donetti, quando soubesse desse encontro, ela imaginava; o encanto era de vidro e se quebrou, Beatriz pensou em sussurrar, já começando a se devassar pela rede das pequenas angústias, mas reagiu, retomando o humor:

— E o seu pai? Você veio aqui mostrar o seu pai, e veja o que aconteceu.

Ele abriu os olhos e sorriu. A graça da voz dublada de algum desenho animado:

— É o meu golpe infalível.

Ela entrou no jogo:

— Eu devia ter suspeitado.

O cabelo liso de Daniel caía sobre metade do rosto, e o animal no peito descansava, mantendo porém a tensão da musculatura enxuta, prestes a acordar — ela não conseguia vencer a estranheza, um homem com um escudo que é a própria pele, alguém que vigia, protege e mantém os outros à distância do coração, Beatriz fantasiou; a tatuagem não nos deixa a sós, ela pensou em dizer, como se brincasse. A voz soou inesperada:

— Você é linda.

Ele aproximou o rosto e beijaram-se. Ela entrou no filme dublado, divertindo-se com a entonação:

— Você diz isso para todas!

— E sempre dá certo.

4

Antes de descer, ela ainda olhou uma última vez para aquele espaço mais ou menos de brinquedo, a luz da claraboia brilhando como um *spot* celeste, a cama quase tatame, o teto inclinado, a economia de móveis — duas prateleiras azuis e um cabide aberto, com gavetas embaixo, uma mesinha num canto com uma televisão pequena e uma antena torta — e percebeu que se tratava de um mezanino adaptado, com o banheiro puxado exatamente sobre a cozinha, onde agora ele a esperava com o prometido café. Ela não teve coragem de dizer não, quando ele se ofereceu, fazendo-lhe uma reverência oriental, já vestido. A avó dizia que os homens fazem só o primeiro café, como isca — depois, para o resto da vida, ela teria de fazê-lo. Que mundo longínquo, aquele. Você é a mulher mais livre que eu conheço, a amiga lhe disse. Provavelmente pensou em acrescentar: Sem pai, nem mãe. E isso é ótimo, a amiga ainda diria de arremate, se tivesse coragem.

Desceu os degraus sentindo-se fraca, mas inundada de uma estranha felicidade, sem planos, como se dopada — chegava até ela o aroma do café, que não lhe pareceu tão ruim dessa vez. Trocaram em silêncio olhares e sorrisos na cozinha. Ele vestia uma camiseta preta, o que a deixou mais tranquila. A imagem do pai voltou à cabeça de Beatriz, e como que por premonição ele repetiu o que já dissera antes:

— Meu pai mora aqui nos fundos.

Ela imaginou como seria a mãe, se existia ainda — era quase que só a curiosidade de saber de onde vem o traço oriental. Os olhos levemente puxados de Daniel, e a pele um pouco mais clara que a dos orientais, mais uma mostra do caldeirão racial brasileiro, ela lembrou do lugar-comum de sempre; e eu, uma teimosa polaca curitibana, também misturada com português, de modo que —. Tudo isso deve significar alguma coisa, mas ninguém descobriu bem ainda, e sentiu vontade de falar o que pensava. Abraçou-o em silêncio, e ficaram balançando como dois tontos por alguns instantes, numa dança muda. A ideia absurda de que em algum momento teria de dizer a ele Não, obrigada, eu prefiro continuar morando na minha casa, como se depois do amor o pacote inteiro da vida em comum desembarcasse na sua vida, para todo o sempre (eu já vivi esse filme); e ela interrompeu a sequência mental, o que está acontecendo comigo? — e se concentrou no café, ruim como sempre, mas dessa vez ela tentou descobrir por quê. Será que eu estou apaixonada? Pouco pó, ela conferiu no coador de papel, só uma colher para muita água, apenas o óbvio, nada que não tivesse uma solução; talvez café vencido, ele usa pouco, o pacote aberto e largado sem cuidado, mas isso não, e ela viu o vidro com a tampa bem fechada e a etiqueta óbvia, manuscrita com capricho e volteios: "Café" — uma mulher passou por essa casa, ela concluiu, como a sua avó falasse por ela. E o gosto de queimado vem do crime de reaquecer o café no fogo, ela deduziu.

— Venha — e Daniel pegou a mão dela, levando-a para o pequeno corredor dos fundos que desembocava numa lavanderia minúscula e dali a uma porta que se abriu para o quintal inverossímil, no miolo de Curitiba, e de novo ela desejou um olhar de google earth, para saber onde estava: duas ou três pequenas árvores, o retângulo bem-cuidado de uma horta com terra preta e brotinhos de alface e salsinha, quase ao lado de uma barra de ginástica, para onde Daniel foi, tomado de um espírito juvenil de demonstração, Beatriz diria, divertindo-se com o espetáculo. (Ele é mais novo que eu — mas quantos anos? Dois? Três?) Ágil, ele pegou embalo e girou na barra com sua magreza elegante, duas, três vezes, até que estacionou no alto, os pés esticados em direção ao céu, a imobilidade tranquila de um astro de Olimpíadas. A camiseta caiu sobre o queixo e o monstro do peito assomou ao sol de ponta-cabeça, como a figura de uma pandorga chinesa. Ele deu mais um giro e voltou à Terra, num volteio — e sorriu para Beatriz. Ela bateu palmas:

— Você é bom nisso!

— Eu só gostaria de saber quem ficou cuidando da loja — disse a voz grossa das sombras da varanda dos fundos, que só agora ela via: uma meia-água contra um muro altíssimo, atrás do qual se erguiam uns 20 andares de um prédio.

Ela assustou-se com a cadeira de rodas que assomou das folhagens, mas que entretanto não podia sair daquela faixa larga de varanda de uma casinha azul que ia de um lado a outro do terreno — duas janelas, uma porta larga no meio. Dali para o quintal, um degrau alto os afastava.

— Esse é o meu pai. Pai, essa é a Beatriz.

— Tudo bem com o senhor?

Ela estendeu a mão, insegura, que ele sustentou por um segundo com os dedos frouxos, desviando rápido o olhar, e balbuciou algo que Beatriz não ouviu. O tronco, os braços e as mãos pareciam anormalmente grandes em contraste com o resto do corpo, que se afunilava na cadeira; uma manta cobria as pernas. O rosto lacerado de rugas tinha porém uma delicadeza que o homem não conseguia ocultar. De novo irrompeu a voz:

— Quando você vai fazer essa rampa? — E para Beatriz, com uma irritação teatral: — Ele se recusa a fazer uma rampa para eu ir sozinho até a loja. Um dia eu ainda vou me arrebentar escada abaixo como o carrinho de bebê do *Encouraçado Potemkim*.

Ela deu uma risada gostosa, pelo exagero da imagem e a misteriosa sintonia da referência cultural (Daniel já falou de mim para ele?); e o rosto do homem se iluminou com a reação, feliz. Agora sim, fixou os olhos nela:

— Meu filho sempre teve sorte com as mulheres. Ele já fez a demonstração da barra, não? É a técnica dele. Não vá na conversa.

Ela riu novamente, agora com uma pontinha de aflição, mas não precisou responder, porque Daniel interrompeu:

— Pai, eu já encomendei as tábuas. Eu mesmo vou fazer essa rampa. E eu já disse: enquanto isso, posso descer e subir você, não custa nada.

— Não sou inválido. Só *estou* inválido. — O gesto irritadiço da mão grande: — Traga um café pra mim que eu vou conversar com a sua amiga. Ou já é namorada? E você vai deixar a loja às moscas? Sente aqui, minha filha — e com um volteio rápido da cadeira de rodas, ele se lançou em direção a um banquinho, mas ela chegou antes:

— Pode deixar, eu pego.

Ele olhou firme nos olhos dela, agora sentada insegura diante dele. Não era exatamente assim o idílio familiar que eu havia imaginado, e Beatriz sentiu vontade de rir, que controlou modendo o lábio. Muita coisa para processar ao mesmo tempo.

— Ele em geral não me conta nada, me largou exilado faz meses aqui nessa gaiolinha de ouro, e o velho sorriu. — Mas dessa vez me contou que você é escritora e está ajudando ele a organizar os livros.

— É, eu... — Beatriz ia dizer que não era bem escritora, apenas alguém que, que não, olhe, eu, ela tentava achar um modo de se definir, e isso sempre era difícil — e enfim apenas se fixou surpresa nos olhos agora úmidos do homem:

— Obrigado. Você não sabe o bem que está fazendo ao meu filho.

Um toque emocional tão inesperado que Beatriz abriu a boca, sentindo a pontada de angústia — alguma coisa ao avesso acontecia ali, ela teria de dizer, se falasse. Quase disse, para marcar espaço: É apenas uma relação profissional, mas ainda sentia o cheiro de Daniel na pele, e olhou em torno, para escapar do olhar do velho. Tentou dizer, em defesa: O senhor é que não sabe o bem que Daniel está me fazendo — mas calou-se, ainda medindo a frase para saber se ela correspondia aos fatos.

— Daniel nunca foi muito ligado aos livros, para meu desespero. Puxou a mãe, ele acrescentou em voz mais baixa, como quem deixa escapar algo desagradável. — Ele só lê e vê bobagem. Mas as pessoas aprendem, não? Eu saí do nada e aprendi. Por que ele não poderia aprender?

Beatriz ouvia em silêncio, cuidadosa. Era como se o velho tivesse feito uma proposta de ensino. Sentiu que deveria dizer algo em defesa de Daniel, mas a lógica da conversa lhe parecia absurda. O velho apontou vagamente em frente, sacudindo a mão:

— E perdi o bonde da história. E da minha vida, o que é bem pior — e ele sorriu, mais pelo humor da frase do que pela amargura. — Fui me desinteressando e a loja virou esse amontoado de livros velhos, malcuidados e mal organizados. Agora é tudo na base do computador e da internet, e eu fui teimando, ficando para trás. E logo nem livro vai existir mais, só falam dessa tabuleta digital. Não sei nem pronunciar o nome, quíndou, algo assim.

Beatriz enfim se sentiu segura para dizer alguma coisa, escapando ao mesmo tempo das questões pessoais:

— Mas, veja o senhor, com o crescimento do livro digital, o livro de papel vai se valorizar muito. Uma loja como a sua é preciosa. O que eu quero dizer é que —

O homem olhou fixo para Beatriz, surpreso. Como a alguém que sai melhor que a encomenda, ela imaginou, tentando adivinhar.

— Você tem razão. Mas eu não sei mais nem que acervo ainda restou ali. — A palavra "acervo" dava uma estranha dignidade ao homem e sua livraria. — E o Daniel, ele —

— Tem muita coisa boa na livraria, Beatriz cortou. É desagradável ouvir alguém falar mal de quem gostamos, ela pensou, intrigada: e eu gosto de Daniel? — Pensou em acrescentar algo que tranquilizasse o velho: Um computador, um fichamento, um bom programa de controle de estoque e uma página eficiente na internet e o senhor — mas calou-se: nunca se meta no que não é da sua conta, dizia-lhe a mãe. Pílulas de sabedoria caseira. Mas não é, nem nunca será, de minha conta? — e sentiu a mão direita de Daniel pressionando suavemente a sua cintura, como quem faz um sinal secreto, enquanto a esquerda estendia o café ao pai.

— Está bom esse café ou está zurrapa? — As mãos do velho tremiam sustentando a xícara, que também tremeu como um sininho sobre o pires até que ele desse o primeiro gole. — Demorou um pouco para soltar o veredicto, como um barista compenetrado, pensou Beatriz, o humor de volta, o abraço carinhoso de Daniel diante do pai, que decidiu: — Dessa vez está bom. Ele não precisou esquentar no bule.

Daniel deu um beijo em Beatriz e fez carinho em seus cabelos. Quase como uma provocação de afeto. Respondeu ao pai olhando para Beatriz:

— Eu gosto de café queimado.

— Sim, de tatuagens também. Ela já viu? Contou para ela toda a história? Desde o começo?

O mal-estar fez Beatriz corar, o rosto quente, a situação desagradável.

— Eu acho que é melhor reabrir a loja — e ela deu um passo para trás, segurando a mão de Daniel. Sentiu a frieza de fim da tarde, o sol sumindo. Como seria a história das tatuagens?

— Por favor, menina — ela ouviu a voz rouca, e voltou-se ao velho ainda sem largar a mão de Daniel. — Leve a xícara de volta para mim. Obrigado.

Havia um secreto pedido de perdão nos olhos de novo úmidos do homem. Ela pegou a xícara e ele segurou as mãos dela como quem não quer deixá-las escapar. Ouviram a voz de Daniel, com um tom de rispidez:

— Não se preocupe que eu vou fazer a sua rampa.

Largou a cintura de Beatriz e voltou à loja — e o homem sustentou os dedos de Beatriz ainda um segundo:

— Estou muito feliz por vocês.

5

Na cozinha, Daniel beijou e abraçou Beatriz, como se houvesse o fio de uma tensão que ele precisava dissipar.

— Uma vez vi um filme em que o casal transava numa mesa de cozinha, cheia de farinha.

— Jack Nicholson e Jessica Lange. *O destino bate à sua porta*, ela recitou, como quem participa de um programa de auditório, e achou graça da ideia. Quantos filmes eu já vi na vida? Milhares. — Melhor sem farinha, Daniel.

Eles riram. Ela pensou súbito que ele deveria abrir uma seção de devedês e cedês usados na loja, mas mudou o rumo:

— O que aconteceu com o seu pai?

— Levou um tiro numa discussão de bar. De repente eu tive de assumir isso aqui.

Beatriz pensou em pedir detalhes, consternada, e pensou em perguntar da mãe, o que era dela, mas de novo se calou. Uma coisa de cada vez.

— Eu não aguento meu pai. Você viu como ele é. Mas — e ficou quieto.

Beatriz ia dizer — Faça a rampa, ou chame um marceneiro —, mas preferiu não falar. Eu sempre glamorizo a figura do pai, a partir de mim mesma, Beatriz pensou. Talvez dizer apenas: Ele é uma pessoa boa. Também se calou. Mas o velho parecia mesmo uma boa pessoa. Não meta a colher, a mãe lhe diria. Daniel beijou-a de novo.

— Você quer outro café horrível?

Ela achou graça. Quase disse: Daqui para a frente, deixe o café comigo. Seria como, por trás da brincadeira, selar um compromisso. Sentiu enfim a velha angústia da hora, alguém que sempre tem algo a fazer, e que é urgente, e que ela nem sequer começou. O relógio sobre a geladeira indicava 5h40.

— A tarde inteira a loja fechada.

— Valeu a pena, não? — e ele apertou-a num abraço longo.

— Sim. Muito. — Haveria um duplo sentido naquilo? Uma despedida? — É claro, Daniel. — Beijou-o. — Você normalmente fecha a que horas?

— Quando me dá na telha.

Eles riram. Acho que sou três ou quatro anos mais velha que ele, Beatriz calculou, sem perguntar. Melhor não perguntar. Teria de dizer, quando conversasse a respeito: minha paixão é um pacote completo, o filho, o pai, a loja de livros usados, os horários. Muita coisa a acrescentar (e ela levantou a camiseta preta, fazendo a unha acompanhar suavemente as volutas coloridas da tatuagem de seu bem-amado, como se assim pudesse perder o medo dela, a figura de sete cabeças — uma tatuagem impecável, não aqueles borrões de presidiários, ela teria de dizer, em defesa dele): o filho é um doce quase maduro, marcado a ferro e fogo até o fim dos tempos; o pai é portador de necessidades especiais e tem um humor infernal; a loja é um brechó decadente. E eu? Estou apaixonada?

— Até as sete, essa é a ideia, ele disse, para falar alguma coisa a sério. — No final da tarde circula muita gente na praça Tiradentes, e acabam por bater aqui.

Beatriz pensou em propor definitivamente um feriado — subir ao tatame e se esquecer mais um pouco, mas da porta da cozinha olhou para a entrada da loja e imaginou ver uma sombra com a cara grudada no vidro, à espera de que abrissem a porta. Sim, era de fato alguém. O "volto já" da plaquinha demorava muito.

— Eu vou abrir, ela disse, num tom afirmativo que a surpreendeu, alguém que já se sente no seu território.

Encouraçado Potemkin: aquilo foi engraçado, ela pensou, avançando pelo corredor de livros. Valeria mesmo a pena perseverar? — um laço ainda muito tênue entre eles, um quase nada, uma transada, um afeto, alguns cálculos soltos, um desejo de ficar junto, alguns pequenos vazios, a sombra do tempo, o amor-próprio, essa estranheza repentina de uma mudança de rumo. A tatuagem. De algum modo um fiapo de sol ainda conseguia chegar até a porta de vidro, que ela abriu. Sentiu o ar um pouco mais frio que veio da rua. Um senhor de meia-idade, o terno surrado, a gravata frouxa, estendeu um papel:

— Eu estou atrás desses livros. Não sei se vocês já fecharam. A plaquinha... eu passei aqui uma hora atrás e...

— Não. Fechamos às sete.

Era divertido aquilo — o homem reclamava da imprecisão do "volto já". Ela sorriu como uma funcionária treinada e atenciosa e abriu as duas portas de vidro, dando caminho ao cliente. Talvez fosse o caso de deixar as portas sempre fechadas e de colocar um sensor de presença, como Beatriz via nos filmes — a pessoa entra e se ouve “tlim-tlom”, o que evitaria — e enfim ela pegou o papel que o homem segurava diante dela, com dois títulos traçados com letra redondinha — os dois pingos nos *is* eram duas bolinhas: *A cabana* e *O alquimista*.

— É para minha filha. Vocês têm?

Imaginou-se contando ao amigo Paulo Donetti qual o primeiro pedido que recebeu trabalhando num sebo. Ele daria uma risada — quem sabe vingativa, de escárnio. Talvez não. Talvez começasse a pensar além do próprio umbigo, para entender melhor as coisas. O homem aguardava.

— Não é fácil achar. Se não tiverem eu...

— Não sei se ainda temos, Beatriz inventou. — Estamos fazendo o fichamento do estoque. Mas eu acho (e agora era verdade, ela lembrou) que eu vi um deles na prateleira dos esotéricos.

O homem se alegrou:

— Isso! Foi o que ela disse. *Esotéricos*.

Beatriz o acompanhou até a prateleira.

— Deve estar aqui — e ela correu o dedo pelas lombadas, começando do alto (preciso pintar as unhas, ela pensou, vendo o esmalte vermelho descascado, eu ando roendo unhas de novo), da esquerda para a direita, *A cura pelas árvores*, *A dieta da alma*, e descendo para a prateleira subsequente, *Radiônica ao alcance de todos* —

— Você é nova.

Ela parou, o dedo na prateleira, um meio segundo de ambiguidade. O homem corrigiu-se imediatamente, aflito:

— Você é nova aqui, eu quis dizer. Eu venho sempre nesse sebo.

— Ah, sim. Tem razão. Comecei essa semana — e a unha encontrou a lombada certa: *O alquimista*. Um volume gasto, com a quarta-capa rasgada. — Só temos esse exemplar. Dez reais — e Beatriz se surpreendeu com a rapidez com que localizou o selinho com o preço e informou o homem. Terei espírito de comerciante? — Só tem esse. O outro vou ficar lhe devendo.

Ele manuseou o volume. Dava para sentir que preferia um livro em melhor estado, mas como era o único, suspirou, tirou a carteira do bolso, escolheu duas notas velhas de cinco e estendeu para Beatriz.

— Vou ficar. Obrigado.

Ela sorriu.

— Eu que agradeço. O senhor quer...

— Uma sacolinha? Não, obrigado. Cabe certinho no bolso do terno. — Dito e feito, ele sorriu, satisfeito, mostrando o paletó como quem faz uma demonstração bem-sucedida.

Beatriz acompanhou o homem até a porta. Imaginou-se levando os dez reais a Daniel e perguntando: Estou contratada? Sorriu da ideia. Começava a escurecer e esfriar. Ouviu as badaladas distantes da Catedral e olhou para a faixa de céu azul-escuro entre os prédios adiante, lembrando-se do zepelim que havia passado por ali há quase um século.

Notas

Uma versão anterior de "Beatriz e o escritor" foi publicada pela primeira vez no site "Trópico", do portal UOL, sob o título "Alice e o escritor", em 21 de novembro de 2006. Traduzido por Alison Entrekin, foi publicado no jornal inglês *Drawbridge*, edição da primavera de 2009, e integra a antologia *Brazil – a traveler's literary company* ("Alice and the writer", Whereabouts Press, Berkeley, Califórnia, 2010).

A primeira versão de "Aula de reforço" foi publicada na antologia *Contos para ler na escola*, organizada por Miguel Sanches Neto (Record, 2007).

"Viagem" é um conto derivado da história "A palestra", originalmente inspirada em "Quincas Borba" e publicada na antologia *Um homem célebre – Machado recriado*, organizada por Arthur Nestrovski (PubliFolha, 2008).

"Beatriz e a velha senhora" saiu originalmente na revista *Bravo!* em novembro de 2008 sob o título "Alice e a velha senhora". Traduzido por Johnny Lorenz, "Alice and the old lady" foi publicado pela revista *Bomb*, de Nova York, edição 102, inverno de 2008. Com o título atual, foi filmado pela Páprika Filmes, em 2011, com Cynthia Falabella e Miriam Mehler. O curta-metragem tem roteiro e direção de Léo de Castillo.

"Um dia ruim" foi originalmente publicado na revista *Arte e Letra – estórias*, edição março/abril/maio de 2008.

"O homem tatuado" e "Amor e conveniência" são contos inéditos. O trecho citado no início de "Amor e conveniência" foi extraído de *Os anos de aprendizado de Wilhelm Meister*, de Goethe (Editora 34, 2006. Tradução de Nicolino Simone Neto, p. 203).

Este livro foi composto na tipografia Slimbach, no corpo 10/14,5,
e impresso em papel off-white 90g/m²,
no Sistema Cameron da Divisão Gráfica da Distribuidora Record